狼皇子の片恋い積もりて

Masaki Kusuda
楠田雅紀

CHARADE BUNKO

Illustration

金井桂

CONTENTS

本作品の内容はすべてフィクションです。
実在の人物、団体、事件などにはいっさい関係ありません。

初めて幸紀《ゆきのり》に会った時のことを、敦誉《あつたか》はよくおぼえている。敦誉五歳、幸紀九歳の時のことだ。

外から、いつものように汚い足のまま階《きざはし》を駆け上がり、簀子《すのこ》を横切り、飛び込んだ部屋に彼はいた。

幸紀は、春浅く、芽吹いたばかりの葉の色の美しい衣をまとっていた。艶のよい黒髪が両の耳の上で玉の形に結われ、前髪はまっすぐに切り揃《そろ》えられていた。肌は村の子供たちとはちがって、泥も砂も一度もついたことがないのではと思われるほどに白く、黒い瞳《ひとみ》はきらきらしていた。ふっくらした頰《ほお》はわずかに桃の色を帯び、唇は梅よりも赤かった。

面差しは整っていて、これまで敦誉が会った誰《だれ》よりも愛らしい。

物珍しそうに部屋の調度を眺めていた彼は、突然飛び込んだ敦誉に目を丸くした。

そしてまた敦誉も、目を見張って動けなくなった。マロウドが来るとは聞いていたが、それがこんな見目麗しい年上の童だとは思いもしなかった。

幸紀の驚きの表情は一瞬で、彼はすぐに笑顔になった。

「敦誉さまでいらっしゃいますね」

声も村の子たちとはちがっていた。涼やかな響きが耳に心地《ここち》よい。

幸紀はすすすと歩を進めて敦誉の前まで来ると、膝《ひざ》をついて座り、両手を揃えた。

「お初にお目にかかります。藤原忠親《ふじわらのただちか》が子、幸紀と申します。今日より敦誉さまにお仕え申し上げることになりました」

髪が床につくほど深く、頭を下げられる。彼が動くたび、さらさらと衣擦《きぬず》れの音がした。

その時、敦誉がおぼえたのは痛烈な羞恥《しゅうち》だった。まだ、羞恥などという言葉は知らぬ。ただ、あまりに美しく愛らしい幸紀を前に、自分がどれほど汚れているか、みっともないか、幸紀の目に己の姿を晒《さら》していたくないという思いとともに、敦誉は強く自覚したのだった。

シミだらけの衣に後ろで一つにくくっただけのボサボサの髪、手足は泥で汚れ、爪《つめ》も真っ黒。敦誉の姿を見ると、村の子供たちは逃げ出すか物陰から石をぶつけてくる。その村の子供たちの衣は敦誉のものよりかなり粗末だったが、汚れ具合はいい勝負だった。だからそれまで、敦誉は自分を恥ずかしく思う必要がなかったのだ。いくらミョウブに、「湯あみをなさいませ。足湯を、手水《ちょうず》を、お召し替えを！」

とせっつかれてもうるさいだけだった。でも、せめて今日くらいは言うことを聞いておけばよかったと、これまた「後悔」という言葉は知らなかったが、深く思った。

そして同時に。

幸紀の濁りのない澄んだ黒い瞳に、敦誉は己が異形であることをきつく、切なく、意識した。

思わず手を上げ、人の頭には本来ないはずの狼《おおかみ》の耳を両手で覆う。その動きに幸紀の視線が頭に行き、そこで今度は、水干からにょっきり伸びている尻尾《しっぽ》のほうがより隠さねばならぬのではと思いつき、あわてて両手を尻《しり》へと回した。

「敦誉さま、ご案じなさいますな」

手で覆っても耳も尻尾も隠しきれない。泣きたくなるようなみじめさをおぼえて、もう逃げ出そうと踵《きびす》を返しかけた時、優しくそう言われた。

「敦誉さまに狼のお耳と尻尾があることは家の者より知らされております」

幸紀は「だから大丈夫」というように一つうなずく。

「お会いするまで、どのようなものだろうとあれこれ考えておりましたが、とてもお強そうに見えますね」

「強い？」

村の子たちはバケモノだと石をぶつけてくるし、世話をしてくれるミョウブも気味悪そうにするばかりの耳と尻尾を、そんなふうに言われたのは初めてだ。

「はい。あと敦誉さまにとてもよくお似合いです」

「………」

「あの、敦誉さま、おそばに寄って、お耳を拝見してもよろしいでしょうか」

「え、い、いいけど」

やはり、これまで好んで敦誉の耳や尻尾を見たがった者はいない。面食らいながらうなずくと、幸紀はうれしそうにいそいそと立ち上がって近くに来た。

「失礼いたします」

九歳と五歳では身長がちがう。幸紀は前から後ろから、敦誉の狼の耳を検分する。

「さ、さわっても、いいよ……」

本当は耳や尻尾をさわられるのは嫌いだった。全身がぞわぞわして気持ちが悪い。だが、なぜだか幸紀には触れてほしいと思ったのだった。

「ホントに？　あ、すみません。触れてもよろしいのですか？」

一瞬だけ、はずんだ声を出した幸紀は、少し恥ずかしそうに言い直した。

こくりとうなずくと、細い指でそっと撫《な》でられた。

「……毛……硬そうに見えるのに……とても柔らかくて、すべすべです」

感激した面持ちだった。そして幸紀はまた数歩下がると、板敷きの床に平伏した。

「幸紀、今日より、心を込めて敦誉さまにお仕えいたします。なにとぞよしなに、お引き立てくださいませ」

初めて幸紀に会った時のことを、敦誉はよくおぼえている。

その日から、敦誉は独りぼっちではなくなったから。

一

間もなく、迎えの牛車《ぎっしゃ》が来る。

藤原幸紀は簀子に座し、春先のまだ冷たい風に吹かれながら、見慣れた小さな庭を感慨深く眺めた。比叡山《ひえいざん》ふもとのこの館に来て十五年——異形の皇子の側仕えとして、友として、鄙《ひな》の小さな館で過ごした月日を思う。

狼の耳と尻尾を持って生まれた皇子はその姿を疎《うと》まれて、京の都から遠く離れた比叡の山で育てられた。

当の敦誉自身はここでの暮らしになんの不満もないようだったが、幸紀はちがう。狼の耳と尻尾さえなければ、眉目秀麗《びもくしゅうれい》で才智溢《あふ》れる若君として、やんごとなき生まれにふさわしい場所で、ふさわしい待遇を受けて暮らせただろうにとくやしくて、このまま、敦誉が一生をこの鄙の館で過ごすのはあまりにひどいと常々思っていた。

(みまかられた中宮さま、東宮さまにはお気の毒だけれど)

昨秋、都を襲った疫病は御所の中にも忍び入り、あまたの貴人の命が奪われた。帝の后《きさき》や皇子たちも病魔からは逃げられず、敦誉が御所に立ち入ることさえ許さなかった中宮も、敦誉の腹ちがいの兄皇子たちも、みな命を落としてしまった。残ったのは東宮の子である、まだ乳飲み子の皇太孫と皇女たちばかりだ。

そこでようやく、異形であっても皇子は皇子と、敦誉が御所に呼び戻されることになったのだが……。

「俺は御所には行かぬ」

敦誉は拒んだ。帝から使いが来た夜のことだ。

「いまさら都で暮らすなど、うっとうしい」

と。幸紀は「なにをおっしゃいます！」とあわてたが、敦誉は素知らぬ顔で、これでこの話は終わりだとばかりに、脇息《きょうそく》にもたれて読みかけていた書を開く。

「ほ、本気でおっしゃっているのですか。御所に戻られぬなどと……」

「『戻る』おぼえはないな。俺は物心つく前からこの館にいた」

取りつく島もないとはこのことか。

これまでも敦誉の境遇を惜しむ幸紀に対して、敦誉は「今のままでいい」とそっけなかったが、まさか正式な帝の使いが来ても応じる気がないとは。

「で、ですから、それがおかしかったのです！　主上の御子《みこ》のお一人でありながら、このような鄙の、小さな館で、下人の数も少なくお暮らしだったのが、そもそものまちがいでございました！　ようやく敦誉さまは敦誉さまが本来、いらっしゃるべき場所へとお帰りになることができるのですよ」

「狼の耳と尾のある俺にふさわしいのは山の中だろう」

「またそのようなことを……」

敦誉が御所に戻れることを喜ぶ幸紀と、このままがいいという敦誉はどこまでも嚙《か》み合わなかった。「いやだ」「もったいのうございます」を繰り返す。

敦誉は「ふー」と溜息《ためいき》をつき、ちらりといやな目線を幸紀に寄越した。

「幸紀もわかっておろう。いくら都に戻っても……」

二人には二人だけの秘密があった。それを敦誉が言っているのはわかっていて、

「それはご心配なさいますな！」

幸紀は強く言った。

「幸紀がついております！　月にほんの一夜だけのこと。それだけで身をひそめ続けなければならぬのもおかしなことです」

「……身をひそめるために、ここにいたいのではない。俺はこのままの暮らしがいいのだ」

だが、いくら敦誉がいやがっても、帝の命令は絶対だった。敦誉の意思など関係なく準備は進められ、今日はいよいよ御所から迎えの牛車が来る。

これでこの景色も見納めかと、幸紀は檜垣《ひがき》の向こうに連なる山々を眺めた。

と、その檜垣越しににぎやかな物音が聞こえてきた。人声と人馬入り乱れた足音、車輪

が砂利を踏む音が近づいてくる。

迎えが来た。

幸紀が立ち上がるとすぐ、家人《けにん》の春実《はるざね》が庭先から階へと走ってきた。春実は女房のきよとともに、幸紀が九歳でこの地に来た時に実家からついてきてくれた頼れる家人だ。

「お迎えの方々がご到着にございます。ですが、敦誉さまのお姿がどこにもなく……」

「なに？」

「先ほどからお探し申し上げているのですが……」

やられたと幸紀は天を仰ぐ。今日は奥の間で一人静かに過ごしたいというのを真に受けていた。

「……わかった。わたしが探しに行こう。迎えの方々には湯漬けなどお出しして、道中のお疲れをねぎらって差し上げよ。敦誉さまは支度に手間取られているとお伝えするのだ」

「心得ました」

春実に命じて、幸紀は一人そっと、館の裏手から抜け出した。敦誉が行きそうなところは見当がつく。

今日のために実家が用意してくれた仕立てたばかりの狩衣を着ているのを、少しばかり、後悔した。狩衣はいってみれば普段着だが、晴れの日の道中のために、父・忠親は最上級の織と染めの狩衣を送ってくれた。木の枝に引っかけたりしないように注意しながら裏山を登る。もうあと数日で弥生《やよい》だが、北向きの斜面やくぼみにはまだ固くこごった雪が残っている。

すぐに川のせせらぎが聞こえてきて、幸紀は脇道《わきみち》へと折れた。木々のあいだを抜けると、突然、眼前に広い河原と小岩の点在する清流が見えてくる。

夏には涼を求めて水を浴び、魚をとって遊んだ川だ。今は雪解け水で流れが少し太く、速くなっている。その石ころだらけの川のほとりに狩衣姿の敦誉がたたずんでいた。

やはりここだった。

「敦誉さま！」

名を呼んで駆け寄るが、敦誉は振り向こうともしない。

「敦誉さま、迎えがまいりました！　……あっ‼」

あと一歩というところで、やはり今日下ろしたての慣れぬ沓《くつ》が小石に突っかかった。

敦誉の背が目前に迫る。ぶつかる！

ぎゅっと目を閉じたが、鼻に予想した衝撃は来ず、代わりに幸紀は柔らかく抱き止められていた。

「……そそっかしい」

とっさに振り向いた敦誉が胸と腕で受け止めてくれたのだった。

「あ、ありがとうございます……申し訳ございません」

礼と詫《わ》びを口にして、幸紀は敦誉を見上げた。

背を抜かれたのはもうずいぶん前だ。しかし胸の中から見上げると、その差は思っていたより大きいし、幸紀を受け止めてくれた胸も腕も思っていたよりたくましい。主《あるじ》の成長に驚いた。

「なんだ」

じろりと見下ろされる。

「いえ、おおきゅうなられたなと思いまして」

主の成長がうれしくて、幸紀はにこにこ笑った。

軀《からだ》を起こして、手を自分の腰のあたりにかざす。

「昔はほら、わたくしの腰のあたりでございましたのに」

「いつの話をしているのだ」

敦誉は不機嫌そうだ。はあっと重い溜息をつかれる。

最近とみに、敦誉は幸紀の前で溜息をつくようになった。そのたび、幸紀は主の不興を買っているのかと、「なにかお気にさわりましたか?」と顔をのぞき込むのだが、

「よい。おまえはなにも悪くない」

と答えてくれながら、敦誉は横を向いて、また長く重く、息を吐く。どうやらその問いかけ自体、主の溜息を増やさせるらしいと悟ってからは、幸紀は「なにか」と言いかけて

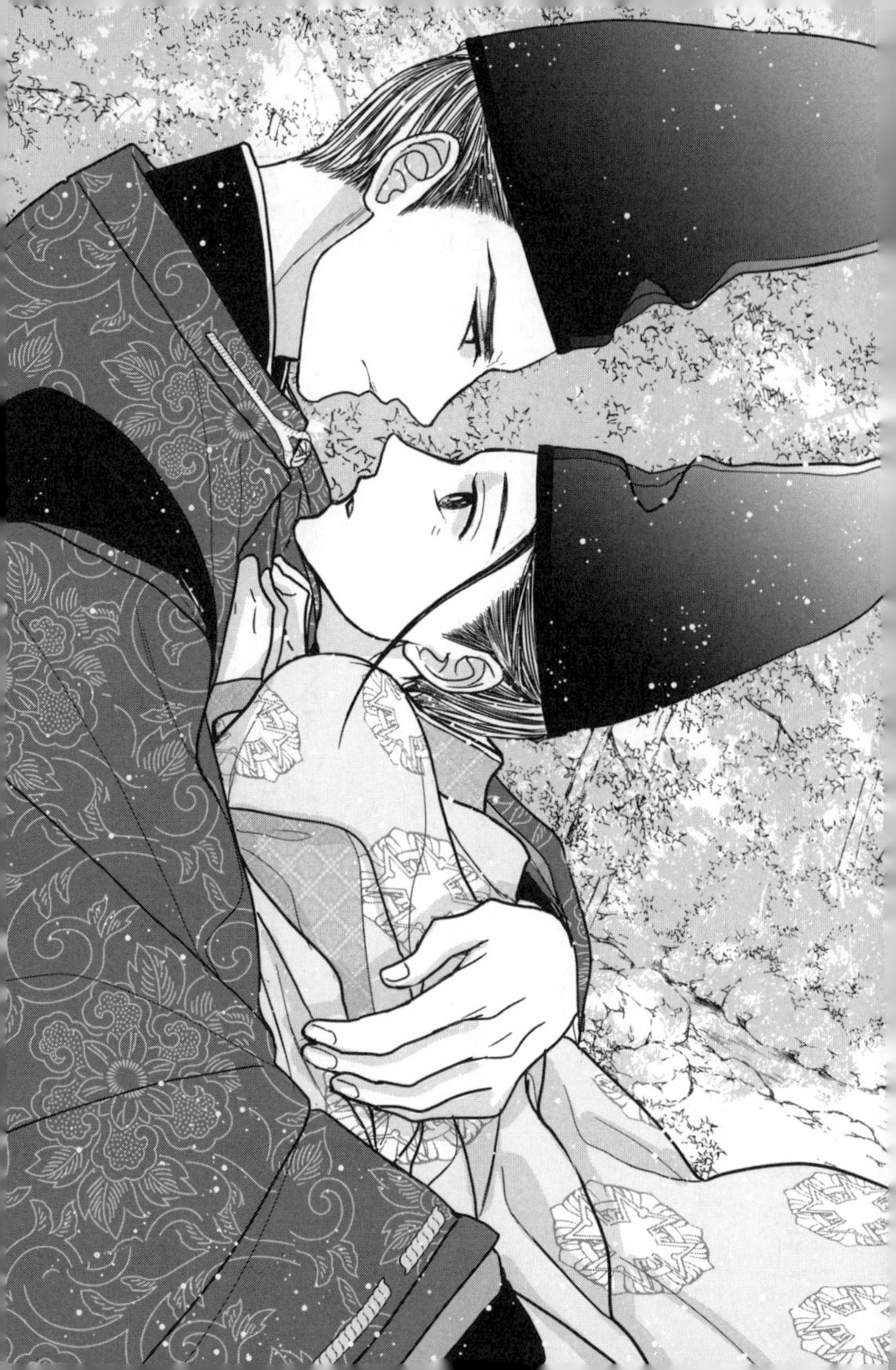

は先を飲み込むようになった。

なにを考えていらっしゃるのか。それこそ昔は、幸紀がなにをしても、なにを言っても、目を輝かせて喜んでくれていたものだったのに。

躯の成長に合わせて、心も大人になっただけだとわかってはいても、幸紀は素直で甘えん坊だった昔の主を思い出して、時々寂しくなったりもするのだった。

「迎えの牛車がまいりました。館にお戻りくださいませ」

気を取り直して、敦誉に言う。

「都には行かぬと言った」

敦誉の応《いら》えはにべもない。

「やっと父君にお会いできるのですよ？　敦誉さまも父君はどんなお方かと、お会いになりたがっていらしたではありませんか」

「またそれも何年前の話だ。俺はもう、父を恋しく思う子供ではない」

そう返されてしまうと、幸紀も胸が痛い。

幸紀は年に何回かは実家に里帰りしていた。正月の祝賀や冠婚葬祭、節句などの祭りには都に戻り、時には参内して宮中の宴にも参列していた幸紀とちがい、敦誉はこれまで一度も都に帰ったことがない。父帝の顔も知らぬままだ。

父君はどんなお方だろう、ご立派なのだろうか、怖そうな人なのだろうかと、敦誉が口にしていたのは十五の元服までだった。

両耳の上で角髪《みずら》に結っていた髪を後頭部で一つに結って烏帽子《えぼし》をかぶり、衣裳《いしょう》も変わる元服の儀。子供から大人に変わる大切な儀式にはきっと父も顔を見せてくれるはず、御所にも呼んでくれるはずと心待ちにしていた敦誉の期待は見事に裏切られた。敦誉の元服の儀は法隆寺《ほうりゅうじ》でとりおこなわれたが、見守るのは幸紀と僧たちばかりだった。

敦誉を産んだ更衣はおそらくは己の子に狼の耳と尾があったのが衝撃でもあったのだろう、産後の肥立ちが悪く、乳飲み子を残して間もなく逝去した。母を亡くした敦誉にとっては父だけが血の繋《つな》がる存在だったのに、その父に元服の儀でさえ目見《まみ》えがかなわず、敦誉は当時、見るも気の毒なほど落胆していた。

「俺はもう、母同様、父もおらぬものと思うておる。いまさら都になど行きとうないわ」

「敦誉さま……お気持ちはわかりますが、それこそ子供ではありません。大人におなりくださいませ」

「それほど都で暮らしたいならば、幸紀一人で行くがいい」

「敦誉さま……」

冷たい言葉に悲しくなる。昔は幸紀が都に帰るたび、行くな行くなの大騒ぎだったのに。

「そのようにおっしゃられては悲しくなります。敦誉さまは幸紀がお嫌いでございますか」

正直に胸の内を告げ、それほど嫌われているのかと尋ねてみた。

「……嫌いな者をそばに置いておくほど、俺は酔狂ではないわ」

そう言ってもらえて、ほっとする。

「それならようございました！　幸紀も敦誉さまと離れて一人で都に戻りたいとは思いませぬ。敦誉さまがいらしてこそでございます！」

うれしくて笑いながら、本心からそう言った。敦誉は疑い深げに、横目でこちらを見る。

今日は耳は烏帽子の中に、尾も指貫《さしぬき》の中に隠されている。菊唐草文様の縹《はなだ》の狩衣は凛々《りり》しくも品があり、上背も肩幅もある敦誉の男らしく精悍《せいかん》な容貌にとてもよく似合っている。宮中にもこれほどの公達《きんだち》はそうはいまいと幸紀は思う。挙措も整って美しく、古今の漢籍にもよく通じ、詠む歌も雅でおおらかだ。笛もうまい。

見返す、といっては言葉がきついが、幸紀としては「これほどの皇子がなぜ今まであのような鄙に」と公家《くげ》たちに言わせたい。なにより、敦誉の成長を帝に見てもらいたかった。

「さあ。迎えの方々をあまりお待たせしてはいけません。聞き分けてくださいませ」

「……御所に行っても、俺の側仕えは幸紀だぞ」

そんなふうに言ってもらえると、少しばかり誇らしくてうれしくなる。

「はい、もちろんでございます。こたびの上洛《じょうらく》にあたっては特別のご配慮を賜り、わたくしは内裏《だいり》でのお勤めを果たせるよう、東宮坊の次官の任をいただき、従五位に叙せられました。これまでと変わりなく、敦誉さまのおそば近く、お仕え申し上げます」

ご案じなさいますなとうなずくと、敦誉はしぶしぶながら踵を返した。

「そこまで言うなら……仕方ない。御所へまいろう」

歩きだしてくれた主にほっとして、幸紀は小走りにその隣に並んだ。

「都はとてもにぎやかで楽しいところです。きっと敦誉さまも好きになられますよ。麗しい姫君もたくさんおられますから！」

励《はげ》ますつもりの言葉に応えはなく、また溜息だけが返ってきた。


迎えの牛車は、ふだん幸紀の都との行き来に実家の藤原家が出してくれるものより格式も造作も立派なものだった。大納言・源《みなもとの》頼信《よりのぶ》が使者に立ち、供回りも文句のつけようがなかった。内裏に入る時も敦誉と幸紀を乗せた牛車はもっとも由緒ある門を通り、着いたのは東宮の御座所としても使われる昭陽舎《しょうようしゃ》だった。

これは宮廷が敦誉を大切な皇子として遇する意思があればこその待遇だ。

（本当によかった）

幸紀はうれしくなる。これまで冷遇されていた敦誉がやっと、帝の子として正しく遇される時が来たのだ。

昭陽舎では多くの女房に出迎えられ、敦誉は母屋へと案内されていった。

「道中、つつがなくようございました」

大納言にそう声をかけられ、幸紀はあわてて居住まいを正した。

「源殿には大変にお世話になりました。ありがとうございます」

と頭を下げる。

比叡山を初めて出る敦誉のために、大納言は牛車の物見を開けて、朱雀大路《すざくおおじ》のにざわいを見せてくれたり、月の前半と後半に別々に開かれる東西の市や、御所内の殿舎について、あれこれと教えてくれたのだ。

「それほどのことはございません。常より左大臣殿にはお世話になっておりますから」

大納言は扇の陰で「ほほ」と笑う。

幸紀の父・忠親は十年ばかり前に左大臣の位についた。左大臣といえば太政大臣に次ぐ位で、太政大臣がもう長らく空位になっている今は実質的に一の重臣である。

「藤原殿にはよしなにお伝えくださいませ」

「心得ましてございます。源殿のご厚情、しかと父に伝えます」

父の部下にあたる大納言が上司への心証をよくしたいと願う気持ちを汲《く》んで、幸紀は深くうなずいた。

「ところで、源殿、敦誉さまはいつ、主上にお目通りがかないましょうか」

無事に御所に帰ることができた。幸紀の次の懸念は、いつ父子《おやこ》が再会できるか、だった。

「それが」

大納言は顔を曇らせた。幸紀の耳元に顔を寄せてくる。

「これはくれぐれも内々にお願いしたいのですが」

広げた扇で己の口と幸紀の耳を隠すようにして、大納言はささやく。

「主上はもう長らく、臥《ふ》せっておいでなのです」

「え」

「中宮さまがご薨去《こうきょ》されたあと、同じ疫病にかかられて……お熱は下がられたのですが、いまだ、褥《しとね》からお出になることあたわず……」

「それは……」

「典薬寮の薬師の診立《みた》てでお薬湯を召され、加持祈禱《かじきとう》もおこなわれているのですが、いっかな回復されないのですよ。若君が戻られることはことのほかお喜びでいらっしゃったそうですから、きっと主上も早くお会いなさりたくお思いのことでしょうけれど」

「そうですか……お別れなされた時には敦誉さまは幼すぎて、お父君のお顔もおぼえていらっしゃらないのです。それだけに、こうして御所に戻られたあかつきには、父子の絆《きずな》を深めていただければと思っていたのですが……」

「主上もそのおつもりがあればこそ、若君を呼び戻されたのでしょうが……病が癒《い》えるまで、今しばらくお待ちいただかねばなりません」

病と聞いて、それでも会わせろなどと言えるはずもない。幸紀は改めて大納言に礼を伝えて、その背を見送った。すると今度は、

「では次官《すけ》殿はこちらでお召し替えを」

と女房に副舎の母屋へと案内された。昭陽舎は南の正舎と北の副舎からなる。副舎といっても比叡の館よりも広いほどだが、幸紀にはその副舎の母屋が曹司《ぞうし》として用意されているという。

「え、この部屋をわたくしが……?」

曹司とは高位の者が内裏で過ごす時に使える私室のようなものだ。宿泊することもできる。幸紀は驚いて室内を見回した。都に戻ったら、実家から毎日参内するつもりでいた。

「はい、調度の品々はお父君がご用意されました」

室内にあるものはすべて、実家の左大臣藤原家が用意してくれたという。衣裳を詰めた長櫃《ながびつ》のほか、厨子棚《ずしだな》や文机《ふづくえ》、調度品の数々はどれも金銀をあしらった贅沢《ぜいたく》な品ばかりだ。今日の狩衣もそうだが、父・忠親の並々ならぬ期待を感じ取って、幸紀は複雑な心持ちになる。

九歳で比叡に行かされた時には、幸紀もまだ大人の事情というものがわかっていなかったが、今ならわかる。幸紀が異形の皇子の側仕えとして山間の鄙の地へと遣わされたのは、

ていのいい厄介払いだった。幸紀の母は正妻ではなかったが、忠親の寵愛《ちょうあい》は深く、幸紀は父の正妻に疎まれて育った。内親王の位から藤原家に降嫁した正妻は気位高く、幸紀と母をあからさまにかろんじた。子供心にも嫡子たちとの扱いの差はつらく、少しでも自分と母を認めてもらおう、父に喜んでもらおうと幸紀は勉学に励んだが、結果としてはそれが裏目に出た。

幸紀の異母兄にあたる嫡男はお世辞にも出来がいいとはいえず、幼い頃から「神童よ、秀才よ」と褒められた幸紀の存在は正妻にとって目の上のたんこぶになってしまったのだ。鄙の地で寂しく暮らす皇子のよき相手をと帝が望んだ時に幸紀が選ばれたのは、幸紀を都から遠ざけておきたい正妻の思惑あってのことだった。

疫病がはやらなければ、幸紀がこうして都に帰ってくることもなかっただろうが、帝の直系の唯一の男子として敦誉は御所に帰ってきた。亡き東宮には幼い皇子・芳寿丸《ほうじゅまる》がいるが、まだ赤子だ。年回りからいけば、敦誉が次の東宮となってもおかしくない。

ここにきての実家からの手厚い援助には、左大臣家としての政治的な思惑が色濃く絡んでいるのはまちがいなかった。一度は厄介払いしたくせに……とすねるほど子供ではないが、こうした援助を純粋に喜ぶのもむずかしい。

複雑な思いで、ぴかぴかの真新しいゆするつきで手と顔を洗い、角盥《つのだらい》で足もすすいでもらい、直衣《のうし》に着替えた。そこへ、

「次官殿、申し訳ございませんが」

と、几帳《きちょう》の向こうから声がかけられた。予定よりも早いが、実家から迎えが来たのかと腰を浮かすと、

「若君がとくお越しくださるようにと仰《おお》せでございます。急ぎ、南舎母屋へお越し願いたく……」

申し訳なさそうに言われる。

「あいわかった。すぐにまいろう。案内を頼む」

比叡とちがって、ここには女房も大勢いる。敦誉の身の回りのことはまかせればいいと思っていたが、そういうわけにもいかぬらしい。幸紀は急ぎ足で南舎へ向かった。

「敦誉さま。幸紀でございます」

廂《ひさし》から、花鳥風月が描かれた色鮮やかな障子越しに室内へと声をかけると、すぐに内側から障子が開けられた。一人の女房が困った顔で控えている。

「お疲れのところ、申し訳ございません」

「あやまることはない」

御簾《みす》の向こうから敦誉の声が飛んできた。

「幸紀は俺のそばにいる約束だ」

苦笑いして、女房がめくってくれた御簾をくぐって室内に入る。

板敷の床に置かれた畳の上に、まだ狩衣姿のままの敦誉が安座《あぐら》をかいていた。衣架《いか》には直衣と指貫がかけられ、そのそばに数人の女房が所在なげに控えている。

「どこに行っていた」

じろりと睨《にら》み上げられた。

「北舎の母屋に曹司を賜りましたので、そちらに……」

「そこは引き上げよ」

あっさりと言われる。

「この部屋の東の廂をおまえのために用意させた。そこをおまえの局《つぼね》とするがいい」

「局……」

局とは宮中で女房たちに与えられる個室をいう。母屋を取り巻く廂部分を屏風《びょうぶ》や几帳などで区切って使う。

しかし、幸紀は男だ。目を丸くして絶句していると、敦誉はむっとしたようだ。

「都に行ってもこれまでと変わりなく仕えると申したは嘘《うそ》か」

比叡の館では、館の中心である母屋を屏風で分けて二人で使っていた。それこそくしゃみ一つで、「どうなさいました」と顔を見られる近さだった。しかし。

「う、嘘ではございません、ございませんが……。敦誉さま、御所では帝のご寵愛を賜る女御さまや、宮仕えの女房たちは内裏のうちに殿舎や局を賜りますが、官職をいただいた男子はそれぞれの家屋敷に住まいして出仕するのが常でございます。御所内での私室として曹司を賜るだけでも、わたくしなどの身分の者には破格の待遇……どうかお聞き分けくださいませ」

御所のならわしを改めて説明して、敦誉の翻意をうながす。

だが、敦誉は「それがどうした」と言わんばかりの顔だ。

「調べてもらったが、内裏に住まうのはなにも女房ばかりではないそうだ。帝が気に入りの公達に、清涼殿に一室を与えて長逗留《ながとうりゆう》させた例もあるという」

いつの間にそんなことを調べさせていたのか。

「前例がないなら作ればよいだけと思っていたが、前例があるのならば、誰はばかることもあるまい」

「………」

あまりに強引な敦誉に、幸紀は口をあんぐり開けてしまい、あわてて顔を引き締める。

「敦誉さま。よろしいですか。わたくしは藤原の家に戻りましても、日中はおそば近くお仕えいたしますし、どうしてもという時は宿直《とのい》もいたします。ですから……」

「つまり」

説得の途中でさえぎられた。敦誉は目を細めて顎《あご》を上げ、見下ろすように幸紀に視線を当ててくる。

「幸紀はやはり、これまでどおりに俺に仕えてくれる気はないわけだな」

「いえ、そういうわけでは……」

「前例もある。廂もあいている。また、そもそも皇子が外で育ったのちに御所に戻ること自体が異例な中、慣習がこうであると言い立てることにどれほどの意味があるか知らぬが……幸紀がそれほど家に戻りたいと言うのなら、仕方あるまい。これまでよく仕えてくれた……」

「お、お待ちください！」

どうしてそんな話になるのか。いとまを取らされそうな話ぶりに、今度は幸紀のほうがあわてて主の言葉をさえぎった。

「わ、わたくしは藤原の家に戻りたいわけではございません！　敦誉さまにお仕えするのもこれまでどおりと思っております！」

「だが北の母屋を曹司として、昼を過ぎれば藤原の家に帰り、また朝になって出仕してくるのだろう。そうだ。物忌みやら方違《かたたが》えなどあれば、数日、顔を見ぬこともあろうな」

やれやれというように敦誉は首を振った。

「よい。御所を出たければ出るがよい」

「しょ、承知いたしました！　東の廂に局を賜ります！」

もう承諾するしかなかった。

比叡から戻る際には、そんなに帰りたければ幸紀一人で行けと突き放され、今度はそば近くで暮らす気がないなら、もう仕えることはないと言われ……敦誉が本当はなにをしたいのか、幸紀にはわからない。

「わたくしの身の回りの物はこちらに運ばせましょう。藤原の家にも戻らぬ旨、伝えます」

「いやならいいのだ」

「いやではございません！」

声を張ったが、疑わしそうな視線が返ってくる。——このところよく、敦誉が見せる目だ。

「幸紀にとって敦誉さまは幼き頃よりお仕えしている大事な主。おそばに侍《はべ》るのがいやなわけがございません」

さらにそう言い添えると、敦誉は小さく溜息をついた。その溜息はどういう意味なのか。だが、敦誉はとりあえず幸紀の言葉を受け入れてくれる気になったらしい。

「……では、着替えの手伝いをしてくれるか」

と頼まれた。

「はい、喜んで」

幸紀が立ち上がると、

「わたくしたちもお手伝いを」

控えていた女房たちも腰を浮かす。だが、

「そなたたちは呼ぶまで下がっていよ」

敦誉は室内の女房たちを下がらせてしまった。

「……敦誉さま」

「なんだ」

狩衣から、改まった衣裳である直衣へと着替えを手伝いながら、幸紀は切り出した。

これは比叡を出る前から、御所に着いたら言わねばならぬと決めていたことだ。

「その……もちろん、これまでどおりお仕えすると申し上げた言葉に嘘はございません。ですが、これから敦誉さまは唯一ご存命の皇子として、おいそがしくなられましょう。わたくしだけでは手が足りぬこともございましょうし……」

「なにが言いたい」

「……敦誉さまがお耳や尻尾を気になさっているのは存じておりますが……この昭陽舎の女房たちはすべて承知の上で敦誉さまのお世話役となっていると聞き及びます。ですから、これからは幸紀以外の者にも、御身のこと、どうかおまかせくださいますよう」

ちょうど烏帽子を脱がせたところだった。窮屈な烏帽子の中に押し込められていた狼の耳がぶるりと飛び出す。銀色に光る灰色の耳がやや前へと伏せられ気味になっているところを見ると、どうやら敦誉はこの話が面白くないらしい。

「できるだけ、敦誉さまのお着替えや湯屋でのお手伝いは、幸紀がさせていただきます。ですが、敦誉さま……どうかお聞き分けくださいませ」

「……聞き分けろなどと……人を聞き分けの悪い子供のように」

副舎の曹司を強引に引き払わせて廂に局を与えたばかりの口で敦誉は不満げに言う。

「いくらこれまでどおりと望んでも、ここは宮中。なにかと我慢せねばならぬことが多いだろうことはわかっておる」

「御意にございます」

それからは主従ともに口をつぐんで、黙々と着替えを終えた。

桜襲《さくらがさね》の直衣に身を包んだ敦誉が、畳の上に座り直す。さらりと袖を寄せて居住まいを正すと、それだけで場の空気が凛《りん》となった。幸紀もその前に控えて、頭を下げた。

「――殿下」

改めて口上を述べる。

「このたびは無事にお内裏にお戻りなされましたこと、心よりお慶び申し上げます」

いつものように、「なにがめでたい」と返ってくるかと思ったが、

「今日まで大儀であった」

かけられたのは重々しい声でのねぎらいだった。幸紀は思わず顔を上げた。

「比叡での日々、そなたがかたわらにいてくれることがどれほどの支えとなったことか。こうして帝の子として都に戻ることができたのも、そなたの助けあってこそ。礼を言う」

これまでも敦誉の所作にはっとさせられたことはあったが、こうして御所に戻り、皇子として振る舞う敦誉には、生まれながらの気品のようなものがさらに匂《にお》い立つようだった。表情にも声音にも、高貴な血を引く者の持つ威厳が漂う。

「も、もったいないお言葉にございます……！」

「これまでもそなたには世話になったが、これからもわたくしの支えとなって、尽くしてくれるよう、改めて頼むぞ。幸紀」

「は、はい！　この幸紀、これよりも心を尽くして、敦誉さまにお仕え申し上げます！」

「頼んだぞ」

「は！」

幸紀は本気で感激して頭を下げた。だが、そこで、

「と、このように振る舞えばよいのであろう」

とたんにつまらなさそうな顔に戻って、敦誉は脇息にもたれかかった。

「心得ておるわ」

感激を返せと言いたい幸紀だったが、やはり敦誉さまは敦誉さまだとほっとする部分もあるのだった。

「では、そろそろ女房たちを……」

いつまでも人払いをしているのもおかしいだろうと立ち上がりかけると、

「幸紀」

敦誉が安座の脚のあいだをぽんぽんと叩《たた》いた。

「敦誉さま」

少しばかり咎《とが》める口調で名を呼び返せば、

「雷が鳴っておる」

なにが悪いと言わんばかりに返事がある。

狼の耳を持つ敦誉は、ものの聞こえがすこぶるよい。ほかの人には聞こえない遠くの物音も、小さな人声も拾えるが、よいことばかりではない。普通でも怖い雷鳴が、敦誉にはさらに大きく恐ろしく聞こえてしまうのだ。

子供の頃から、怖いものなどなにもなさそうな敦誉が唯一怖がるのが雷だった。狼の耳を必死で押さえて部屋の隅で丸まって震えているのが哀《あわ》れで、幸紀はそんな敦誉を膝に乗せて後ろから抱え、一緒に耳を押さえた。『幸紀がついております、大丈夫でございますよ』と。

胸の中でぷるぷる震える敦誉がかわいそうであり、可愛《かわい》くもあり、それからは雷が鳴るたびに幸紀のところに駆けてくるようになった敦誉をいつも幸紀は抱えて過ごした。

敦誉の背が幸紀を超えて体格が逆転してからは、逆に敦誉が幸紀を抱えたがるようになったが、幸紀が敦誉の狼の耳を押さえてやるのは変わらない。

かつては、敦誉と幸紀は褥を並べて休んだものだった。寒いから、寂しいからと、敦誉が幸紀の褥にもぐり込んでくることもしばしばだった。

元服の儀を終えた頃から、敦誉は幸紀に対して妙によそよそしい態度をとることが多くなって、二人のあいだには屏風や几帳が立つようになったけれど、雷が鳴る時だけは昔のまま、敦誉は幸紀に甘えてくる。

幸紀にしてみれば、なにを考えているかわからなくなった敦誉と触れ合える、数少ない機会ではあったが……。

「ここは比叡の館ではありません」

そう幸紀は敦誉を諫《いさ》めた。鄙で、慣れ親しんだ家人数人と自分たちだけで過ごしていた時とは、もうちがう。

「雷がごろごろいうておるのだ」

「……まだなにも聞こえませぬ」

「人の耳にはな。よかったな、幸紀。獣の耳に、どれほどあのとどろきが恐ろしく響くか、おまえは終生、知らずにすむ」

「………」

もう一度、ぽんぽんと膝のあいだを示されて、幸紀はあきらめた。自分も甘いなと思いつつ、敦誉の脚のあいだにおさまる。すぐに後ろから腕が回ってきて、肩に顎が乗せられる。頬が触れ合う。その体勢で、幸紀は両腕を上げて、主の狼の耳をへたりと押さえた。

さしゅさしゅさしゅ、と衣擦れの音がするのは、指貫の中で尾が揺れているのだろう。

こういうところだけは昔のままだと、胸の奥がじんわりあたたかくなる。

「雷は近づいておりますか」

「……いや、まだこちらには来ぬようだ」

「それはようございました」

背から敦誉の体温が伝わってくる。──昔と変わらぬ、あたたかさ。

これからはこの主を支えて、宮中で生きていくのだ。

新しい暮らしが始まる。改めて心にそう刻む幸紀だった。

御所での日々はいそがしかった。

都に帰ってきた異形の皇子がどんな人物なのか見きわめようと、公卿《くぎょう》たちはこぞって、「一言ご挨拶《あいさつ》を」と入れ替わり立ち替わり昭陽舎を訪れてきた。そこには東宮が薨去したあと、新たな東宮に立つかもしれない皇子にわたりをつけておきたいという政治的な思惑

ももちろんあっただろう。

また、昨年末から弔事が続き、今年は年明けからずっと、華やかな宮中行事は見合わされている。弥生の曲水《きょくすい》の宴も今春は開かれず、鬱屈《うっくつ》した公家たちにとって、都に戻ってきた異形の皇子は格好の気晴らしになっているようだった。

そうして訪れてくる公家たちに対して、敦誉は完璧な作法にのっとり、腰低く、丁寧に接した。

「鄙育ちの不調法者ゆえ、御所の華やかな風にとまどうばかりです。○○殿にはこの若輩者をよろしくご指導くださいませ」

と。

訪れてきた者の中には、

「その面差し、お若い頃の主上と見まがうほど。血は水よりも濃いとはまさに……」

と涙ぐむ者もいて、敦誉は宮廷におおむね好意的に受け入れられたようだった。

「今日もお疲れになったでしょう」

そんな気の張る来客をこなして、一日の終わりには敦誉は人払いして烏帽子を脱ぐ。ごろりと横になる敦誉に、幸紀は膝を貸す。

「耳がかゆい」

比叡では烏帽子をかぶることはほとんどなく、耳も尾も出しっぱなしだった。不自由をこらえているのがわかっているので、幸紀はひしゃげていた狼の耳を毛並みに沿って梳《す》いてやる。

銀灰色の毛に覆われた耳は指先でこするように撫でられるのが気持ちよいのか、頭の両側に少し垂れるように開く。そんな時、敦誉の腰のあたりからはさっすさっすさっすと衣擦れの音が響いてくる。尾も振られているのだろう。

「皆さま、敦誉さまが立派な若君にお育ちで驚いていらっしゃいますね」

皇子たちが次々と疫病で薨去し、男子で残るは乳飲み子の皇太孫・芳寿丸のみだ。公卿たちもこの状況は不安なのだろう。彼らは立派に成長した敦誉の様子に安堵《あんど》を見せた。

「ふん」

幸紀の膝に頭を預けたまま、敦誉は鼻で笑った。

「表向きはな。簀子に出たとたん、狼の耳は烏帽子の中か、本当に狼の耳と尾があるのか、あんな皇子しか残っていないのかと、本音はひどいものだ。獣くさかったなどとぬかす者もおる。俺に聞こえぬと思っているのだろう」

「まさか……」

あんなに皆、にこやかに敦誉を褒めていくのに……。敦誉に向けられた心ない言葉が胸に刺さる。

指先で撫でる狼の左耳には小さな裂傷がある。これは山で野犬の群れに幸紀が襲われた時に、敦誉が飛び込んでかばってくれた時のものだ。幸紀が危ないと見ると、敦誉は己の身の危険もかえりみず、走ってきてくれた。野犬を追い払ってからも、敦誉は幸紀に怪我《けが》がないか、そればかりを心配して、自分の傷など気にも留めなかった。

勇敢で優しい皇子。——最近はなにを考えているのかわからない、冷たい言動も多いけれど。それでも本質はきっと変わっていない。そして敦誉は努力家でもある。

幸紀が初めて敦誉に会ったのは幸紀九歳、敦誉五歳の時のことだった。当時の敦誉は世話役の命婦《みょうぶ》に満足に躾《しつけ》もされず、髪はぼさぼさ、衣はどろどろ、家の外も中も裸足《はだし》で走り回るありさまで、仮名の一文字も読めなかった。箸使《はしづか》いもおかしいどころか、二本まとめて拳《こぶし》で握り、鷲摑《わしづか》みにした茶碗《ちゃわん》から口の中へとかき込んでいた。

『敦誉さまは帝の御子であらせられるのですから、そのようなお振る舞いではなりません』

子供心にも幸紀は使命感をおぼえて、四歳下の皇子に皇子らしい振る舞いを教えようと躍起になった。

敦誉は敦誉で、

『おれは、ゆきのりのように、ごはんを食べたい。ゆきのりは、きれいじゃ』

と、見よう見まねで箸を持ち、なにごとにつけ、幸紀をまねた。

箸や茶碗の持ち方、歩き方、しゃべり方、筆の持ち方、書の読み方……幸紀は自分が学んできたことを敦誉に教えた。敦誉は幸紀が教えることを細かな砂に水が沁《し》み込むように我がものとし、三年のうちに幸紀と同じ書を読むようになり、藤原家から幸紀の教育のために遣わされてきた師について、ともに学ぶようになった。

今の敦誉は四書五経《ししょごきょう》に通じ、古今和歌集《こきんわかしゅう》を諳《そら》んじ、孫子《そんし》の兵法書のほか、政《まつりごと》を論じた書もよく読んでいる。歌も詠めるし、書もうまい。野で暮らす下々の子と変わらぬさまだったとはとても思えぬ公達ぶり。それはひとえに敦誉の努力によるものだ。

その敦誉が本人の努力ではどうにもならぬことでけなされるのは、幸紀にはつらい。

なぜ、敦誉がこんな軀で生まれたのか、それは幸紀にもわからない。けれど、仏さまにも千の手を持つ千手観音《せんじゅかんのん》や鳥の軀に人の頭を持つ迦陵頻伽《かりょうびんが》がいるし、遠い国には大きな頭と耳と長い鼻の獣の姿の神さまもいるという。

これほど美質を備えた敦誉があやかしや魔の者のはずがない。貴き帝の御子という身分に、敦誉はもしかしたら神の眷属として生まれたのではないかと幸紀は思っていた。いつか、敦誉がこのように生まれついた意味が明らかにされればいいのにとも。そうなれば、狼の耳と尾をさげすむ人々も悪いことをしたと思ってくれるだろう。

「……どうした」

いつの間にか、耳を掻《か》く手が止まっていた。敦誉が顔をこちらに向ける。

「心ここにあらずだな。なにを考えている」

「あ、いえ……」

言葉を濁すと、敦誉は意地悪く「ふん」と笑った。

「どこぞに気になる姫でもできたか」

見当ちがいな推量をされて、幸紀はあわてて首を横に振った。

「そんな……わたくしには気になる姫などおりません！」

「どうだか」

疑うような冷笑を向けられる。

「嘘ではございません！　わ、わたくしが考えておりましたのは、敦誉さまのことにございます！」

「俺のこと?」

うろんな視線に幸紀はむきになった。

「敦誉さまがこれまでどれほどがんばってこられたか、幸紀はよく存じております！　そのことを知らぬ方々が好き勝手をおっしゃるのが腹立たしくて……」

「こんな耳と尾がある者を笑うなというほうが無理だ。気にすることはない」

「そのような……！」

憤慨する幸紀の膝から、敦誉は身を起こした。

「人がなにを言おうとどうでもよいわ。それともおまえはこのような主が恥ずかしいか」

「な、なにをおっしゃいます！」

今度は主自身の言葉に怒りをおぼえて、幸紀は大声を出した。

「幸紀は敦誉さまを恥ずかしいなぞと思ったことは一度もございません！　そのようなことはおっしゃってくださいますな！」

「……なにも泣かずともよかろう」

腹立ちのあまりに涙が滲《にじ》み、敦誉が驚いたように目を丸くする。

「あ、敦誉さまがあまりなことを仰せになるからです……！」

「……悪かった」

言葉以上に悪いと思っているのか、狼の耳が頭につくほどにぺしょりと垂れている。

「言いすぎた」

すんと鼻をすすって、幸紀は敦誉を睨んだ。

「恥ずかしいどころか、敦誉さまはわたくしの自慢の主でいらっしゃいます。敦誉さまがどれほど教養を積まれ、素晴らしくお振る舞いなされるか、早く主上にもお知りおきいただきたいとさえ……。きっと主上も敦誉さまを自慢に思われるにちがいありません」

確信をもってうなずく。だが、敦誉はくさいものでも嗅《か》いだかのように鼻の頭にしわを寄せた。耳が力を取り戻してぴんと立つ。

「父に自慢に思われたいなどとは毛ほども思わぬわ」

「そんな……」

「父にとって俺は、獣の耳と尾をつけて生まれてきたできそこないであろう。子とすら、認めたくないのかもしれぬ。父が俺になにも期待せぬのと同じく、俺も父に期待することはなにもない」

「それは……寂しいおっしゃりようです……」

子として、それはあまりに寂しい言いようだ。しかし、これまで比叡の館から一度も御所に招かれることもなく、気遣いの文一つもらったことがない敦誉の気持ちも、幸紀にはわかる。切なくて悲しい親子のありように、幸紀はもうなにも言えなくなった。

「……おまえのほうが寂しそうな顔をするでない」

元気を出せというのか。敦誉は幸紀の頭を軽く一つ、叩いた。


御所に来て十日目、ようやく少しばかり内裏での生活にもなじんだある夜、幸紀は東廂の局で、文机を前に墨をすった。文を書くためだ。

もう十五年にわたって、幸紀は敦誉との暮らしぶりを伝えるために、月に一度ずつ、文をしたためてきた。幸紀が比叡で暮らすようになって間もなくのことだ。とある公達の使いだという下人が幸紀の前に現れた。その男は幸紀に、敦誉と幸紀がどのように暮らしているか、とある方に向けて文を書いてほしいと頭を下げた。

人目を忍ぶようにして比叡の館にやってきた男は目つき鋭く、渋い色目の直垂《ひたたれ》を身につけていた。子供心にも男の風体は胡散臭《うさんくさ》く、主の名は明かせぬと言われれば、怪しいばかりだった。だから最初の文は適当に書いた。こちらは桜が綺麗《きれい》です、だとか、敦誉は甘葛煎《あまずらせん》が大好きです、程度だったと思う。

立派な漆器にたっぷりの甘葛煎が詰められて館に届けられたのは、その数日後のことだ。文を頼んできた相手はひとかどの人物かもしれないと察することができるほどには、幸紀は聡《さと》かった。次の文は礼も込めて、丁寧にしたためた。

以来、幸紀は誰が読むとも知らされぬまま、敦誉との日々のこまごましたことをつづっては、その下人に渡している。返事が来たことは一度もないが、敦誉が漢詩に興味を持つようになったと書けば李白《りはく》や杜甫《とほ》の詩集が届けられ、敦誉の背の伸びが速く女房の仕立てが間に合わぬと書けば、染めも仕立ても美しい衣裳が届けられた。

幸紀の父も、鄙で暮らすからといって幸紀の学びにさわりがないよう、書物や師を送ってくれたが、幸紀にとっては文の送り相手も、自分たちを保護してくれる存在だった。

今ではその人に向けて、幸紀は日記のように敦誉の様子をつづっている。

墨をすり、館を出てから今日までのことを思い出しつつ、筆をすべらせた。使いの下人が御所の中にまで来るのかどうかわからなかったが、来たらすぐに渡せるように、用意してある小枝に結ぶ。

なんという木の枝か。ほかで見かけたことはないが、比叡の館の裏に数本固まっている低木の枝だ。鼻を近づけるとほのかに香る。それが面白くて、その文にだけ使うようになり、都に来る前に数本まとめて折ってきたものだ。

「幸紀さま、幸紀さま」

その次の日のことだった。東宮坊へ出仕するため、昭陽舎を出ようと階に足をかけたところで、足元からそっと呼びかけられた。

内裏は誰でも出入りできる場所ではない。幸紀は驚いて高欄の下をのぞき込んだ。

「そなたか！」

簀子の下の暗がりに、いつも文を預ける男が背をかがめてひそんでいた。

「お文があればお預かりしてまいりたく」

「したためてある。取ってまいろう」

急いで曹司に戻り、幸紀は用意してあった文を取ってきた。

「これを」

「お預かりいたします」

うやうやしく、枝に結んだ文を受け取る男に、

「このような内裏の奥まで来られるとは……。そろそろ、わたしの文がどなたに届けられ

ているのか、教えてはもらえぬか」

これまでにもしたことのある質問をする。

「申し訳ございません。それはお教えするわけにはまいりません」

いつもと同じ答えが返ってきた。

「そうか」

もし、文の行く先が想像しているとおりの人物のもとであったなら……子を案じる父の気持ちは確かにあるのだとほっとできるのだけれど……。そうは思うが、この十数年、まるで見た目の変わらない地味な男は、口を割ってくれそうにはなかった。

「敦誉さまは御所に来られてからもお元気にお過ごしです。そのこと、よろしくお伝えください」

「はい、必ずや」

うなずいて、男は縁の下深くへと消えていった。

右大臣の嫡男・橘兼忠《たちばなのかねただ》が昭陽舎に幸紀を訪ねてきたのはその夜のことだった。右大臣の橘家は左大臣藤原家のいわば政敵だ。しかし、兼忠の母と幸紀の母は姉妹であり、母方の同い年の従兄弟《いとこ》である二人は父同士の思惑はよそに、昔から仲がよかった。

「どうだ。こちらの水には慣れたか」

春の初めにしてはあたたかい夜だった。

幸紀は東廂に面する簀子で酒肴《しゅこう》を挟んで従兄弟と向かい合った。釣り灯籠《どうろう》と庭先の篝火《かがりび》が兼忠の秀麗な面差しにゆらゆらと影を揺らめかせる。

主同士が仲がよいように、幸紀の家人である春実と兼忠の側仕えも仲がよい。主が語らうあいだ、二人も台所で酌み交わしているのだろう。

「内裏のうちでの暮らしは気が張るだろう」

「いや、それはすぐに慣れたのだが……」

「どうした」

顔を曇らせると、兼忠がすぐに気づいた。

「実はな……こちらに来てもう十日を過ぎるが、まだ敦誉さまは主上にお目通りがかなわぬのだ」

「ああ、それは仕方ないだろう。主上が臥せっておられるのだから」

右大臣の嫡男であり、自身も蔵人《くろうど》次官を務める兼忠はさすがに事情をよく知っていた。

「疫病で多くの親王が薨去され、都も荒れた。ようやく病魔が去り、民も落ち着きを取り戻しつつあるところで、帝が枕《まくら》から頭も上げられぬとあっては人心によろしからぬ。内々の話とされているが、主上のご容体が思わしくないのだ」

だからこそ、早く父子を会わせたいのに。

「敦誉さまはお母上を亡くされているのに、万一、このまま主上にもお会いできぬままとなられては……」

「まあ、主上のご快復と民の安寧のために唐《とう》から高名な僧も呼ばれたというからな。おいおい、主上もご快癒なされるのではないか。さすれば教誉さまもゆっくりと父子で語らうことができよう」

兼忠は気楽に言うが、幸紀は気が気ではない。溜息をつくと、

「おいおい。教誉さまのことで悩むのもいいが、もっと色っぽいことで悩みはないのか」

と顔をのぞき込まれた。

「色っぽいこと?」

「鄙ではおまえと釣り合う姫もいなかっただろう。どうだ。こちらに勤める女房の中に気になる姫はできたか」

「そんな」

従兄弟のいたずらっぽい眼差《まなざ》しに幸紀は思わず笑う。

「まだこちらに来て十日だぞ? 多少は慣れたとはいえ、そんな余裕はとてもとても」

「おまえは昔から真面目だからなあ」

呆《あき》れたように言い、ついで兼忠はにやりと笑うと、手にした扇で幸紀の胸元を突いてきた。

「おまえがここを焦がし、夜も眠られぬほどに悩むところを早く見てみたいものだ」

「火の元には注意している」

「どれほど注意していても燃え上がるのが人を恋《こ》うる心だぞ」

「そういうものなのか」

「そういうものだ」

公家の若者にとって恋愛沙汰は重要な娯楽らしい。だが、幸紀はどこそこの姫君が麗しいとか、文を書いたりもらったりということにまるで興味がない。

「しかし心配だなあ」

わざとらしく兼忠は言い、嘆息してみせてくる。

「おまえはこれまで女人とこう……いい雰囲気になったことがないだろう」

「いい雰囲気?」

兼忠は扇を広げて口元を隠し、顔を寄せてきた。

「女人の口を吸うたことはあるか」

「くっ……」

口吸い。想《おも》う者同士が唇と唇を合わせ、舌さえ絡め合うことがあるのは聞き知っている。『これも殿方には必要な教養でございますから』と、男女のまぐわいの絵巻物を師に見せられたこともある。犬猫がさかるところも見たことがあるし、野山で怪しい様子になっている男女を見かけたこともある。

けれど、そういった色事を自分がするようになるとは想像もできない幸紀だ。

「やはりないか」

兼忠が心得顔にうなずく。

「そ、そのようなこと……か、軽々しく……人に話すことではないだろう！」

ムキになって言い返すと、「そういうところだ」とまた扇で胸を突かれた。

「男は余裕を持って女人に接せねばならんというのに、話だけであわててどうする。どれ、俺が少々手ほどきしてやろうか」

「手ほどき？」

なんの手ほどきを、どうしてくれようというのか。きょとんとした幸紀に、酒肴の載った折敷《おしき》をずらすと、兼忠はずいっと近づいてきた。

「まず、このように女人の肩を抱いてだな……」

肩に兼忠の腕が回され、整った面差しの顔が触れんばかりに……。

「兼忠？」

「うわっ」

質《たち》の悪い笑みを浮かべた顔が近づいてきたと思ったら、急に離れた。

「なにをしておる」

腰を浮かせていた兼忠が尻もちをつき、その襟首を掴んで敦誉が立っていた。眉《まゆ》を寄せ、とても不機嫌そうだ。

「敦誉さま！」

「おお、これは」

ずれた烏帽子を直しながら、兼忠はさっと居住まいを正した。

「お初にお目にかかります。右大臣・橘善満《よしみつ》が嫡子、兼忠でございます」

両手を揃え、丁寧に頭を下げる兼忠を、敦誉は細めた目でじっと見降ろす。兼忠は剣呑《けんのん》な表情の敦誉を見上げ、にこにこと続けた。

「親王殿下におかれましてはご機嫌麗しゅう……本来ならばご拝謁の栄を賜るに際し、しかるべき礼を尽くさねばならぬところ、このような形でご挨拶申し上げることとなり、礼を失しますこと、なにとぞご寛恕《かんじょ》くださいませ」

「誰の機嫌が麗しいのか知らぬが……そなたのことは存じておるぞ」

低く、ねっとりした口調だった。初めて会う人間には基本的に礼儀正しく、年長者には腰低く振る舞う敦誉には珍しい。目をすがめ、兼忠を見下ろす。

「幸紀の母方の従兄弟で、幼馴染《おさなな じ》みとな。幸紀と一緒になっていろいろと悪さをした話も聞いておる。厩舎《きゆうしや》の馬を勝手に放ったり、死んだ百足《むかで》を長櫃に入れて女房たちを驚かせたり……。幸紀が比叡から都に戻るたびに親しく遊んでいたそうだな」

「おお」

なぜだか不機嫌そうな敦誉に向かい、兼忠はわざとらしい笑顔を向けた。

「お聞き及びでございましたか。父同士は反目し合っておりますが、わたくしと幸紀は幼き頃よりなぜだかとても気が合いました。幸紀が比叡に行ってしまってからは寂しくて……たまに戻ってくるのが楽しみでなりませんでした」

「ほう……」

従兄弟に会うという私的な目的ではあっても兼忠は直衣を着ているが、敦誉のほうはもうくつろいだ狩衣姿だ。その狩衣姿で、敦誉は兼忠の前に膝をついた。

「都に行った幸紀の帰りが数日遅れたことが何度かあったが……よもや、そなたが引き留めていたわけではあるまいな？」

「そういえば、もうこのまま館に留まれと、幸紀に抱き着いて駄々をこねたことがございましたなあ」

剣呑な表情の敦誉に兼忠はにこにこと笑顔を向けているが、二人のあいだに見えない氷が張ったように感じられて、幸紀はあわてて膝を進めた。

「ひ、比叡に戻るのが遅れたのは、わたくしが熱を出しましたり、祖父母の加減が悪くなったりしたためでございます！　兼忠のわがままで引き留められたことはございません！」

従兄弟にあらぬ疑いがかけられては大変と、真実を述べる。

「今宵はわたくしが都に戻ったことを喜んで訪ねてきてくれたのですが、ご寝所の近くで騒ぎましたこと、お許しくださいませ」

「別にそのことを怒ってはおらぬ」

「おお。では、なにかほかにお怒りなわけですね。なににお腹立ちなのか、お教え願えましょうか」

敦誉の言葉尻を捉《とら》えて、兼忠が横からまたいらぬ口を出す。「少し黙れ」と幸紀は袖を引いた。だが、

「なににお怒りかわからねば、正しくあやまることもできぬだろう」

と、兼忠は引く気配を見せない。

「幸紀はそなたの親しき従兄弟かもしれぬが、わたしにとっても大事な側仕えであり、友でもある。それを今のような悪ふざけの相手にされるは不快」

「なるほど、なるほど」

得心がいったのか、兼忠は閉じた扇でとんとんと掌《てのひら》を叩いた。

「そういうことでございますか」

意味ありげな笑みを口元に浮かべる兼忠に、敦誉はさらにむっとしたようだ。

「幸紀は色恋に疎いが、無理に寝た子を起こすようなまねは慎んでもらいたい」

「寝た子……お言葉ではございますが、殿下、幸紀ももう二十五。そろそろ身を固めても

おかしくない頃かと存じます。多少は男女の機微にも通じておりませんと……」

「いや、いやいやいや」

二人の話がおかしなほうに流れそうで、幸紀は思わず腰を浮かせた。

「身を固めるなど……わたしにはまだ早い。好いた相手もおりませんのに……」

「いないのか」

「本当にか」

今度は二人に同時に視線を向けられる。

野性味の強い男性的な美貌の敦誉と、色白で優しく甘い顔立ちの兼忠。趣の異なる二人の男君に見つめられ、幸紀は「え、え」と二人の間で視線をさまよわせた。

「好いた相手など、本当におりませんが」

そんなおかしなことを言っただろうかと思いながらうなずく。

「わたくしにはやはり敦誉さまのことが一番でございますから。こうして御所にお戻りなされて、今が大切な時。わたくしの妻問いなど……まずは敦誉さまがよきお后をお迎えなされなければ」

「二言目にはそれだな」

敦誉がいまいましげに顔をそむけながら、溜息をつく。

兼忠が面白そうにそんな敦誉と幸紀を見くらべて、にやりと笑った。

「殿下のことを心配するのもよいが。幸紀、おまえはもう少し、引く手あまたな己自身の立場について案ずるがよかろう」

「なにを言う、わたしは……」

「これまでは比叡に引っ込んでいたのだから仕方ないが、これからはちがう。おまえは栄えある左大臣家の二の君だ。左大臣家と縁を結びたい公家は引きも切らぬ」

兼忠は言い募る。

「いや、でも、わたしは家を継ぐわけではないのだから……」

「だからこそだ。家柄のいい、身軽な婿を喜ぶ家は多い」

「よかったな、幸紀」

まったくよいとは思っていなさそうな不機嫌な顔で敦誉が口を挟む。

「俺によき姫君を探せとばかり言うが、おまえにももう、本当はそういう話が来ているのではないか」

「そんな、そのようなことは決して！　もし万一そういう話がありましたら、一番に敦誉さまにご報告申し上げております！」

「………」

敦誉は幸紀の言葉を疑うようなうろんな眼差しをちらりとこちらに向ける。溜息もだが、幸紀の本心をはかるようなこの目つきは、御所に戻ってからさらに増えたような気がする。

「いえ、本当に……」

言いかけたところで、

「殿下もですよ」

と、また兼忠が割って入ってくる。

「俺が？　なんだ」

「幸紀ばかりではございません。殿下と親しくなりたいと願う姫君は多うございます」

敦誉が眉をひそめた。

「俺に狼の耳と尾があることは、つとに都中に知れておろう。どこの姫がそんな物好きな……」

「殿下を異形の皇子と恐れる者もおりましょうが、怖がり、いやがる者ばかりではございませんよ。さすがに狼の耳と尾をお持ちの若君、やはり面差しが力強く頼もしいと、そんな声もよく耳にいたします。失礼な物言いとは存じますが、異形のものに特別な魅力を感じる女君は少なくございません」

「本当か？」

幸紀は身を乗り出した。

「嘘を言ってどうする」

「敦誉さま！　ようございましたね！　もちろん、敦誉さまの魅力はそんな外見だけのものではございませんが、でもやはり、姫君たちによく思われるのは大切なことでございますよ！」

「………」

敦誉はちらりと幸紀を見ると、小さく溜息をついた。その敦誉に向かい、

「殿下、寝た子を少々揺さぶってみてもよろしいのでは？」

なぜだか兼忠が気の毒そうな顔を敦誉に向け、幸紀にはわけのわからないことを言う。

言われたほうの敦誉も、

「よい。これが幸紀なのだから」

と、やはり幸紀には理解できない返事をする。

「兼忠、寝た子を揺さぶるとはどういう……」

「いや、この話はまたいずれということにしよう」

二人は通じているのに、自分だけがわからないという状況は面白くないが、敦誉ももうこの話を続ける気はなさそうで兼忠の言葉にうなずいているし、そこで一人こだわり続けるのも気が引けた。

初めはどうなることかと不安になる出会いだった敦誉と兼忠が、今はなにやら通じ合っているのも不思議だったが、幸紀はそれ以上、深追いするのはやめておくことにした。

「とはいえ……」

扇で口元を隠し、兼忠は声をひそめた。

「殿下と近しくなりたいと願う姫君が多くいるのは確かですが、しかし、殿下を歓迎する者ばかりではございません」

不穏なことを言いだす。

「これは殿下のお耳には入れず、幸紀にだけ、気に留めるよう話しておくつもりでおりましたが、実は、殿下が御所に戻られたことを面白くなく思う輩《やから》も多うございます」

「俺が東宮に立つかもしれんのが許せん者がおるのだろう？」

敦誉の問いに、兼忠はうなずいて返した。

「ご存じのとおり、先の東宮はご薨去なされましたが、芳寿丸さまを残していかれました。まだ乳を飲んでいるような赤子ですが、この若君こそ将来の帝だとかつぐ一派が」

そこで兼忠はにこりと笑った。

「わたくしの父をはじめとする、いわゆる右大臣派です」

「亡くなられた兄上とは俺は会ったおぼえもないが、その妻は確か、そなたの姉君であったな？」

「さようでございます」

公家社会では姻戚関係が複雑に絡み合っている。亡き東宮の正妻であり、一人残った親王の母でもある女御は兼忠の姉、橘善満の一の姫だった。

「敦誉さま、よくご存じでいらっしゃいましたね」

これまで宮中のあれこれとは無縁の鄙で暮らしていたのに、敦誉が亡き兄の妻の出身まで知っていたことに幸紀は驚く。

「おまえが言ったのだろう。主だった公達の縁戚関係はおぼえておけと」

「確かにそう申し上げましたが……」

「よい心がけです。誰が味方で、誰が敵か、どこがどう繋がっているか、知っておかねば話になりません」

兼忠がにこにことうなずく。

「なるほど。では、そなたは敵の一人ということか」

「わたくしは将来父の跡を継ぎます。その時には、お血筋には関係なく、真に民のことを思われる帝をお支えし、国を守りたいと、常に思っております」

「……左大臣の藤原家は幸紀が俺の側近ということもあって、俺が東宮となるよう、根回しに余念がないと聞くが……そなたは芳寿丸か俺か、より民のためになるほうにつくということか」

「父の手前、表向きは甥《おい》を立てねばなりませんが。恐れ多くも、今上陛下に万が一のことがあれば、今のままでは芳寿丸さまがご即位されることになります。我が父はその後ろ盾となりたいと考えているようですが、傀儡《かいらい》政権が本当に民のためになるとはわたくしには思えませぬ。とはいえ……敦誉さまがどのようなお人柄でいらっしゃるかも、まだわたくしにはわかりませぬゆえ」

「敦誉さまは私利私欲で動かれるようなお方ではない！」

それまで黙って聞いていた幸紀は、そこでたまらず口を挟んだ。

「鄙にあられても勉学をおこたらず、村の者たちの暮らしぶりもよくご覧になっていた！　帝のなんたるかもわからぬ赤子を祭り上げて、一部の公達が政をほしいままにするようなことがあってはならぬ！　敦誉さまは心根のまっすぐな……」

「幸紀。もうよい」

敦誉のほうがいかに東宮にふさわしいか、つい熱く語っていると、やんわりと敦誉に制された。

「俺は民のため、政のためと思って学んできたわけではないからな。そのように褒められるといささか困る」

本当に困ったようにその眉が寄る。兼忠が首を横に振った。

「なんのために学ばれたのかはさほど重要ではありますまい。肝要なのは、知識を得ようとする姿勢でございますれば。しかし、そのお人柄や博識ぶりが正しく伝わらねば、味方は増えませせぬ」

幸紀は「味方を増やす？」と目を丸くした。

「そうだ。おまえがどれほど褒めようと、公卿どもがさすがに皇子だ、素晴らしいと認めねばな」

「それは常々願っていたことだ。しかし、敦誉さまの美点がどうすれば方々にご理解いただけるのか……」

「都に戻って十日。とりあえずの挨拶はすんだが、やれ管弦の宴だ、花見だ、歌合わせだと、公卿たちに誘われることはこれから多くなるだろう。そこでの受け答えやら振る舞いが、田舎育ちの粗忽者《そこつもの》よと嘲笑《あざわら》われるか、さすがに主上の御子と褒められるか……」

「じろじろ見られて、判じられるということだな」

「直截に申し上げれば、そのとおりでございます。みな、敦誉さまと幸紀がどれほど御所の水になじんでいるものか、見てやろう、笑ってやろうと待ちかまえております。心してお振る舞いくださいませ」

「あいわかった」

　兼忠の言葉に、敦誉は驚くでも怒るでもなく、淡々とうなずいた。

「兼忠と申したか。そなたの助言、心に留めよう。礼を言う」

「いえ。わたくしはただ、鄙で暮らしおりました従兄弟の身を案じておりますだけで」

「ほう」

　ぴくりと敦誉の片眉が動いた。

「幸紀のために、俺に皇子らしいと認められる振る舞いをせよと」

「もちろん、それが敦誉さまの御為《おため》にも、なればこそでございます」

もっともらしく頭を下げた兼忠が目だけを上げて敦誉を見る。

敦誉も顔をそむけつつ、横目で兼忠を見る。

いったんは気が合うかと見えた敦誉と兼忠のあいだに、また緊張した空気が漂いだす。

「あ……あ、とにかく！　そのようなお招きがある時には、心して！　心して、まいりましょう！」

その場をなんとかなごやかにおさめようと、二人のあいだで、幸紀はあわてて何度もうなずいた。


兼忠が辞去の挨拶を述べて去ってから、幸紀は敦誉とともに母屋に戻った。

寝衣への着替えを手伝う。

「ではわたくしはこれにて」

御帳台《みちょうだい》に入った敦誉に礼をして下がろうとすると、「幸紀」と呼び止められた。

「雷が鳴っておる」

「さようでございますか？」

幸紀も耳を澄ませる。

「……やはりわたくしにはなにも聞こえませぬ。敦誉さまは本当にお耳がようございますね。御帳台に帷《とばり》をもっとおかけいたしましょう」

「それもよいが……だんだんに近づいてくるようだ」

褥に入る支度を手伝ってくれていた女房たちはもう下がっているが、ここのところ、雷は毎晩のように鳴るようだった。

「比叡にいた頃より、こちらのほうが雷はよく鳴るようでございますね」

「うむ。都が山に囲まれているせいかもしれぬな」

もっともらしい顔で敦誉はうなずきながら、安座をかいた脚のあいだを「早う」とばかりにぽんぽんする。

「あまりいつまでも怖がりのままでいらっしゃるのはどうかと思うのですが……」

「ほかのことは耐えよう。しかし、雷だけは……」

今は烏帽子を脱いでいる。狼の耳には音がよけいに響くのかもしれなかった。

「……仕方ありません。では」

御帳台の畳に上がり、褥に座る敦誉の脚のあいだに「失礼いたします」と腰を下ろす。いつもどおり、すぐに腕が回り、肩に顎が乗せられ、頰に頰がすり寄せられてくる。幸紀は腕を上げて、敦誉の狼の耳をへたりと押さえた。

「……こうしていると、一日の疲れが飛んでいく」

「慣れぬ御所でのお暮らし、敦誉さまはよく務めておられます。お疲れになるのも当然かと」

常に数人の女房が控えて、あれこれと世話を焼かれる。見知らぬ人々が長々しい肩書きとともに案内されてくる。時々は都に帰っていた幸紀でも気疲れをおぼえることがあるのだ。比叡から出たことのなかった敦誉ならなおさらだろう。

本当によくよくがんばっていると、幸紀は思う。

「……本当にそう思うか」

ぐいーっと頬で頬を押される。

「はい。敦誉さまは本当によくお務めでございますよ。側仕えとして、幸紀は敦誉さまを誇りに思います」

狼の耳の根元を優しく指で掻く。おなかに回った腕にぐっと力がこもった。

敦誉は耳を掻いてもらうのが好きだ。幸紀はしばらく黙って主の耳の付け根を掻いた。

ややあって、

「幸紀は……俺が東宮になったら、うれしいか。俺に皇位を継がせたいか」

頬をつけたまま、敦誉が小声で聞いてきた。

「はい」

考える間もなく、幸紀はうなずいた。

「今上陛下の御子で、男君はいまや敦誉さまお一人。敦誉さまが東宮に立たれるのは順当でございます。それに……皇統にお生まれになったのに、比叡の山で育たねばならなかった敦誉さまが本来のお生まれの貴さにふさわしいお立場になられるのは、幸紀にも大きな喜びでございます」

「……そうか、うれしいか」

「はい。幸紀は敦誉さまがどれほど努力家か存じ上げております」

五歳で箸も満足に握れず、礼儀作法もなっておらず、仮名さえ読めず、手足を泥だらけにしていたところから、今の涼しい公達ぶりを誰が想像できるだろう。

「敦誉さまはきっとよい帝となられるでしょう。お后をお迎えになられて、親王を授かられる、そのお姿を幸紀は見とうございます」

後ろから回されていた腕がゆるんだ。

「敦誉さま？」

「……もう休む。おまえも下がれ」

振り返ると、いやそうに顔をそむけられた。溜息をつかれる。

今夜は久しぶりに、昔の敦誉に戻ったような気がしていたのに……。やはり、無邪気に「幸紀、幸紀」と慕ってくれていた子供の頃とはちがうのか。せめて、なにを不興に感じて溜息をつくのか教えてもらえれば、気をつけることもできるのに……。

下がれと言われては仕方ない。敦誉の脚のあいだから出て、幸紀は座り直して両手をついた。

「では、おやすみなさいませ」

「うむ」

横を向かれたまま、うなずかれる。

『やだやだ、幸紀も同じ褥で寝るのじゃ』

もう敦誉がそんな駄々をこねることはない。敦誉は大人になったのだ。寂しさを嚙み締めながら、幸紀は局へと下がった。

二

兼忠が忠告してくれたことは本当だった。

「昭陽舎詣で」とも称された敦誉への挨拶が一通りすむと、今度はあちらこちらの公家の屋敷や、御所のほかの殿舎に敦誉は招かれるようになった。

「よくも次々に宴のタネを見つけてくるものだな」

そろそろ桜の花の季節だった。「我が庭の桜に蕾《つぼみ》がつきました。酒席をもうけますゆえ、いらせられませ」の誘いが連日続いたと思ったら、今度は各神社の祭礼へと誘われる。その合間に「家宝の仏像をご覧にいれたい」「唐渡りの箏《そう》を手に入れました。音色を楽しみにいらっしゃいませんか」と誘いが入る。

敦誉が呆れるのも無理はなかった。

「お疲れでございましょう。でも行く先々で敦誉さまを褒められて、幸紀は鼻が高うございますよ」

これも兼忠が忠告してくれたとおり、招かれた先では必ずといっていいほど、「なにか」を披露することを求められた。歌合わせだったり、笛や箏の演奏だったり、蹴鞠《けまり》だったり、公家のたしなみとされている芸や技を「せっかくですからご披露くださいませ」と求められるのだ。

もちろん、車寄せで牛車を降りるところから箸の上げ下げまで、立ち居振る舞いのいちいちもじっと見つめられている。

どこまでできる、どれほどのものだ、やはり獣のあやかしではないのか、たとえ本当に人だとしても、しょせん田舎者《いなかもの》ではないのかと、あら探しをする意地の悪い視線を浴びながら、しかし、敦誉は堂々として、その挙措は美しかった。比叡の館で幸紀とともに学び、それぞれの師に褒められた歌も演奏も書も蹴鞠も舞も、素晴らしい出来栄えを見せた。嘲笑ってやろうと待ち構えている顔が驚きに変わり、さらには称賛の表情に変わるのが幸紀には小気味よかった。

襲の色目もこれは誰に教えられたわけでもないのに、敦誉は若々しい中にも品のあるものを選ぶのがうまかった。織や染め、仕立てのよいものが揃えられているとはいえ、どの文様のものを選ぶか、どの色を重ねるかによって、見る人の印象はがらりと変わる。敦誉には時と場と、衣の持つ雰囲気を合わせる勘のよさが備わっていた。

そこに鼻筋の通った男らしい美貌があいまって、「水もしたたるよき男ぶり」と手放しで褒められるようになるのに、さほどの時はかからなかった。

女房たちのあいだでも敦誉の人気は高まるばかりのようで、内裏の中でも「女御さまが、更衣さまが、お越しいただけないかと」と使いの者がやってくるのが珍しくなくなった。

「鄙育ちの不調法者などと、もう誰にも言わせません」

敦誉がどれほど秀でて素晴らしいか、その才と品を並みいる公卿たちにようやく知らしめることができた。どうだ、わたしの主はすごいだろう、鄙に押し込めていたのがどれほどもったいないことだったか、これでわかっただろうと胸を張る思いの幸紀だ。

だが、日々晴れ晴れとしていく幸紀に対して、敦誉は逆に塞《ふさ》いでいくようだった。それは、いくら教養と才に溢れる公達として振る舞っていても、御所の自由のない毎日に疲れてきているせいだろうと、幸紀は思っていたのだけれど……。

ある日のことだった。

朝方から東宮坊へと出仕していた幸紀は、午後になって腕に未整理の書類を抱えて戻ってきた。本当はもう少し東宮坊で片づけたかったのだが、帰りが遅くなると敦誉が不機嫌になる。

急ぎ足で昭陽舎の母屋へと通じる簀子を歩いていると、足音が聞こえたのか、敦誉が廂から現れた。

「遅かったではないか」

のっけに不機嫌そうに言われる。

「申し訳ございません。いろいろと厄介な調べ物が多く……。なにかご不自由がございましたか？」

「不自由はないが、せんだっての花見の宴への礼状をしたためていたところだ。目を通すか」

　と尋ねられ、「いいえ」と首を振った。

「もうわたくしがあらためる必要はございません。敦誉さまはお文もお上手でございますから」

「幸紀が根気強く、読み書きを教えてくれたからだ」

「もう大昔のことでございますよ。それにわたくしがお教えしなくとも敦誉さまは聡くていらっしゃいますから、すぐにおぼえられたことでしょう」

　どうだかというように軽く肩をすくめて、そこでふと敦誉は眉をひそめた。

「……今日、誰に会った？　移り香か？」

「移り香？」

　衣裳に香を薫《た》きしめる薫衣香《くのえこう》は公家の身だしなみの一つだ。懐に香袋を忍ばせることもある。そういった香りが人に移ることがないとは言いきれないが、その日、幸紀はそれほど近く、長く、一人の人のそばにいたおぼえがなかった。空薫物《そらだきもの》と呼ばれる室内に漂わせて楽しむ香もあるが、東宮坊ではそれほど香を薫いてはいなかった。

「さあ……これまでずっと東宮坊におりましたが……同僚のものでしょうか」

　肩先を上げてくんくんと嗅いでみる。なにも匂わないけれど、と思ったところで、直衣の袖を敦誉が引いた。

さっとその顔色が変わり、止める間もなく、袂《たもと》に敦誉の手が差し入れられてくる。

「あ、敦誉さま⁉」

「……これはなんだ」

幸紀の袂から敦誉が取り出したのは、薄桃色も美しい結び文だった。もらったおぼえも、袖に入れたおぼえもないものだ。

「え……文……ですか。いつの間に……」

目が丸くなったが、もっと驚いたのは敦誉がその結びを開こうとしたことだった。

「あ、敦誉さま！　なにを……」

「どのような文か、開かねば読めぬであろう」

「でで、でも！」

敦誉の指先で、薄様の結びがほどける。巻かれた文が今にも開かれそうで、幸紀はあわてた。ばさばさと抱えてきた書類が落ちるのもかまわず、敦誉の手を押さえる。

「こ、これは……わたくしがもらった文ですから……！」

「……紅を帯びた色の薄様に、梅花の香りを薫きしめてある。これは恋文であろうが」

「こっ……」

想う相手の袖に人知れず文を忍ばせて恋を告げる手があるとは聞き知っていたが、まさか自分がもらうことになるとは思ってもいなかった幸紀だ。

敦誉は幸紀の手を払うと、また文を開こうとする。

「だ……な、なりません！」

あせった幸紀は敦誉の手から文を摑んで奪った。

「あ、ご、ご無礼を……でも敦誉さまがいけません！　人につけられた文を……」

「なぜ、俺が見てはいけないのだ」

「で……だ……え……」

改めて尋ねられると答えに窮する。

「それともおまえは、この文を書いた者に心当たりがあるのか。だから俺に見せたくないのか」

「は……？」

敦誉はなにを言っているのか。

幸紀はぽかんとして敦誉を見つめた。敦誉は怒ってでもいるかのように眉を寄せ、口元を引き結んでいる。——この顔は何度か見たことがあった。

どういう時だったか……。そうだ。宿下がりして、実家で数日を過ごして比叡に戻ると、敦誉はよくこういう顔をした。『幸紀はそれほどに兼忠とかいう従兄弟が好きなのか』と。

なぜまた今、敦誉があの時と同じ顔で不機嫌になっているのか。

その理由も見当がつかない幸紀に、

「誰からもらったかもわからぬ文ならば、俺が見てもよいではないか」

敦誉は手を伸ばしてきた。文を取られそうになって、幸紀はあわてて避ける。また敦誉がむっとする。

「だ、誰からかはわかりませんが……でも、わたくしがもらった文です！　ほ、ほかの人に見せたら、書いてくれた人に失礼でしょう！」

「…………」

幸紀を睨んだまま、敦誉は手だけを引っ込めた。

「幸紀は……女人と仲良うなりたいのか」

思いがけないことを問われる。

「は？」

「まだ妻問いなどする気はないとこの前は言っていたが、肌を合わせる女人はほしいのか」

「は、肌……な、なにを、そんな……わ、わたくしはそんなことは望んでおりません！」

「では、その文は読まずに燃したらどうだ」

またも目が丸くなるようなことを言われた。

「女人と仲良くなりたいわけではないのなら、恋文など読むまでもないだろう」

「え、でも……」

「それともなにか。相手によっては考えるとでもいうのか」

「あ、相手によって……いや、でも、あ……ど、どうでしょう……」

顔が勝手に熱くなってくる。

敦誉の目がすっと細くなった。

「赤くなったではないか。やはりおまえは、文をもらいたい女人がいるのだな」

「お、おりません！　そんな、文をもらいたい相手など……！　あ、赤くなったのは敦誉さまが変なことばかりおっしゃるから……」

「変なのは、どこの誰が寄越したかもわからぬ文を隠そうとする幸紀のほうだろう」

「そ、そんなにおっしゃるなら……っ」

手にしていた文を敦誉に差し出しかけて、幸紀ははっとした。

「……やはり、なりません。わたくしは女人に特別の興味はございませんが、でも、もし、本当にこれが恋文であるならば、気持ちはしっかりと受け止め、お返事を差し上げたいと思います」

見てわかるほどに、敦誉の唇の両端が下へと下がり、逆に目じりが吊《つ》り上がった。

「気持ちを受け止めるとな？」

「は、はい。それが……文をもらった者の礼儀だと思います」

「では、もし、同じような恋文をほかからももらったらどうするのだ。想いを寄せてくる女人すべてと逢瀬《おうせ》を持つのか」

「え、お、逢瀬？　そ、そんな一足飛びにそんな……」

あたふたとして、けれど、おかしくなって幸紀は笑ってしまった。

「敦誉さま、さっきからなにをおっしゃっておいでですか。ほかからも恋文などと……そんなわけがありません。それに、この文もわたくしたちが勝手に恋文と決めつけているだけで、本当のところ、なにが記されているか、わかりません。なのに逢瀬など……」

敦誉は身を引いて腕を組むと、じろりと幸紀を見下ろしてきた。

「……おまえは笑うが……『殿下にお仕えしている藤原家二の君の、涼やかでお優しそうなこと』『訪れる姫君などおありなのでしょうか』『ああ、一夜、忍んできてはくださらないかしら』……おまえは行く先々で女君にそう言われているのだぞ」

「まさか」

「今のはすべて、俺が聞き取った言葉だ。御簾の奥で、あやつら、おまえを見て色めいておるわ」

「それは……本当にわたくしのことですか？　どなたかほかの男君のことを噂《うわさ》されているのを敦誉さまが聞きまちがえられたのでは……」

「ほお？　藤原家二の君というのはそんなに大勢いるのか」

皮肉な口調で返されて、幸紀は黙り込んだ。自分が女君のあいだで噂されているとは、にわかには信じがたいが、敦誉の耳のよさはよく知っている。

「俺のこともな。本当の俺のことをなにも知らぬのに、うわっつらの俺を見て、さすがの貴公子ぶりだの、顔立ちがいいのなんのと……」

「それはうわっつらではございませんでしょう。敦誉さまは教養深く、立ち居振る舞いもお美しく……」

「そう振る舞えば、おまえが喜ぶからだ」

「…………」

確かに子供の頃から、敦誉は幸紀に褒められるのを励みにしていたけれど……。

「だが、そうして俺が出歩けば、おまえの評判も上がってしまう。そうして付け文を寄越す者も出てくる。かといって、俺が比叡に戻りたいとか、嘘ばかりの公家たちになど会いたくないと言いだせば、おまえを悲しませてしまう。おまえを喜ばせたいが、おまえの評判が上がるのは面白くない。困ったものだ」

「わたくしの評判が上がっているとは思えませんが……どうして敦誉さまはわたくしの評判が上がるのが面白くないのですか？」

本当にわからない。真面目に問いかけ、じっと答えを待って敦誉を見つめる。

「……本当にわからぬのか」

幸紀は首をひねった。

「わかりません。わたくしが文をもらって敦誉さまがお怒りになるのも、わかりません」

そう答えてからはっとする。

「もしや！　ああ、でも大丈夫でございますよ！　敦誉さまはご身分のある方、恐れ多く思って近づくのをためらう姫君が多いのは当たり前です！　でも心の内では敦誉さまに、文を差し上げたい、お話ししたいと思っていらっしゃる姫君はきっとたくさんいらっしゃいますから！」

「………」

敦誉はなんともいやそうに眉を寄せると、これまでになく大きく深い溜息をついた。


その日から、特になにも変わったことがないといえばいえたが、自分と敦誉のあいだにこれまでとはちがう緊張を幸紀は感じるようになった。

自分はおかしくない、と思う。

敦誉だ。

表面上はこれまでと変わらないように見えて、敦誉はさらによそよそしくなった。昔はあんなになついてくれていたのに……と感じることは多々あったが、今のよそよそしさにくらべれば、まだまだ甘えてくれていたのだと思うほどに。

幼い頃も、敦誉と揉《も》めたことがなかったわけではない。

年越しの大晦日《おおみそか》と元日、先祖の霊を弔《とむら》う七月の盂蘭盆会《うらぼんえ》、そのほかにも実家で大きな行事がある時には、幸紀は都に帰っていた。聞き分けのなかった幼い時から、敦誉は幸紀が帰る日が近づくたびに不機嫌になって、いちいち幸紀に突っかかってきたものだった。さすがに敦誉自身が元服を迎える頃にはつまらないすね方はしなくなったが、むっつりと黙り込んで不機嫌になるのは変わらなかった。戻ってからも、幸紀がどんなふうに都で過ごしたか、誰と会ったのか、なにをしたのか聞きたがるくせに、聞けば聞いたでなにが気に入らないのか、そのあとしばらくすねていることも多かった。

それは都に戻りたくても迎えの来ない自分の身と、折々に都に帰ることのできる幸紀とをくらべて、うらやましさがあるせいだろうと幸紀はずっと思っていた。思い返せば、敦誉が土産話《みやげばなし》で不機嫌になるのは兼忠絡みの話をしたあとが多かったような気がするが、それも友達といえば幸紀一人、同じ立場で同じ年で、親しく騒げる相手がいない敦誉の羨望ゆえだっただろう。

今の敦誉の他人行儀なよそよそしさはその時の態度にとても似ている。

「敦誉さま……」

「なんだ」

呼びかけに応えはあるが、視線がこちらに向かない。

「いえ……」

それだけのことなのだが、話そうと思っていたことが口にできなくなる。

一度だけ、敦誉のほうから「あの文の返事はどうした」と聞かれたが、それ以外、敦誉から話しかけられることもなくなった。

いつの間にか袖に忍ばされていた文は、敦誉が言ったとおり、恋文だった。涼やかな貴方《あなた》を御簾のあいだから見るたびに胸が高鳴ります。一度、ゆっくりとお話などできたらと、そんな内容だった。

それに対して幸紀は、口を開けば田舎者なのがばれてしまいます、せっかく憧《あこが》れてくださっている、そのお気持ちをこわしたくありませんと返事を書いた。

敦誉には黙っているが、その付け文が呼び水になったかのように、あれから女君からの文が続いている。そのどれもに、幸紀は同じことを書いて返した。

この年でおかしいのかもしれなかったが、幸紀は女人と近しくなることにさほどの興味を持てなかった。

文を寄越してくれた姫君たちには申し訳ないけれど、姫たちにしても、たまたま今は比叡から御所に入った物珍しい新人に興味を持っているだけだろうと幸紀は思っていた。

だから、敦誉が焼きもちを焼くことはなにもないのだ。敦誉のほうがよほど真剣に姫たちに想われている。

敦誉が簀子を通るだけで、その殿舎の女房たちは半蔀《はじとみ》の陰や御簾の後ろから、一目、噂のよい貴公子を見ようと集まってくる。幸紀にさえさざめく女房たちの気配がわかるのに、耳のよい敦誉にそれが聞こえぬわけがない。それなのに、どうして幸紀をうらやましがって、おかしな態度をとるのだろう……。

敦誉が機嫌を直してくれたら、なにも心配せずとも敦誉さまに言い寄ってくる姫君はこれからいくらでも現れましょうと笑うこともできるけれど、どこか冷ややかな態度に、幸紀はなにも言えないままだった。

比叡にいた頃なら……。

狼の耳と尾は出しっぱなしだった。尾は、女房のきよが指貫に開けてくれた穴から外に出ていたし、頭にも烏帽子をかぶってはいなかった。

二人のあいだがぎくしゃくしている時でも、折を見て好きな水菓子や甘味のある菓子を持っていくと、顔はすねていても尾は正直にぷんぷんと振られていた。本当に怒っているあいだはぴんと突っ立っている耳も、敦誉が柔らかな気分に戻れば、左右に垂れ加減に開いて、本当はもう機嫌を直していると察することができたのに。

今はほかの側仕えの女房たちの目もあり、いつなんどき、公卿たちの使いの者が来るかもしれず、閨《ねや》にいる時以外、敦誉は烏帽子をかぶっている。指貫にも単衣《ひとえぎぬ》にも穴は開けられず、尾も隠されたままだ。

「敦誉さま」

呼びかけても、その背後の尾が揺れているのか、それともじっと固いままなのか、今は見えない。耳もツンと立ったままなのか、多少は柔らかく開いているのか、わからない。

ほとんど日課のようになっていたのに、遠雷を恐れて、夜、人払いした褥で後ろから抱えられることもなくなった。寝支度を終えて、「では、おやすみなさいませ」と幸紀が頭を下げると、「うむ」と敦誉は黙って衾《ふすま》をかぶってしまうのだ。自分から、「雷は鳴っていませんか」と尋ねるのもはばかられ、幸紀は黙って下がるしかない。

耳や尾が見えなければ主の本心がわからないなど、側仕えとして情けない。

しかし——。もうすぐ満月の夜を迎える。

敦誉には大きな秘密がある。その秘密を共有しているのは幸紀だけだ。

その時が来れば、わだかまりも解けて、また元のなごやかな主従に戻れるだろう。

幸紀は満月の夜を、心待ちにしていた。

いよいよ満月まであと二日と迫ったある日、敦誉は「比叡の山を見に行きたい」と言いだした。如月《きさらぎ》の末に都に来てほぼひと月。弥生も終わろうかという頃合いだ。

毎年、この頃になると、敦誉はその年の天候を予言する。冬のあいだの空の様子、雪の降り方、そして雪解けの具合、さらに若葉の萌え方で、その年の梅雨《つゆ》や夏の天候が敦誉にはわかるという。

初めて、「今年は梅雨が短いが台風が早く来る。田植えを少し早くするとよいのだが」と天候を予言したのは敦誉が十六の時だった。最初はなにを言っているのかと周囲は本気にしていなかったが、実際に敦誉が予言したとおりに季節がめぐると、次の年からは村長が「今年はいかがでございましょう」と尋ねに来るようになった。

かつて、幸紀は比叡に行ったばかりの頃、敦誉とともに外に出て、「おおかみ、おおかみ」とはやし立てる声とともに石や泥団子を投げつけられたことがある。村の大人たちは石こそ投げなかったが、子供たちを叱《しか》りもしない。館に腐った魚が投げ込まれたこともあった。そんな乱暴は春実が村長に直談判しに行っておさまったが、目引き袖引きしてひそひそされるのは変わらなかった。

だが、決して好意を向けてはくれなかった村のために、それから毎年、敦誉は空や山、川を見て、天候を予測し、どのように備えればよいか、助言するようになった。

御所に戻ったというのに、今年も敦誉は山を見に行くというのだった。

「あの村には世話になった。いろいろなことがあったが、過ぎてみればなつかしい。少しでも喜んでもらえるなら、俺にわかることは伝えたいと思う」

淡々と語る敦誉が、幸紀には誇らしかった。

誰に命じられたわけでもなく、敦誉は敦誉にできる形で、民のためになることをしようとしている。その心根がうれしかったのだ。

「わかりました。では早速に手配いたしましょう」

久しぶりにゆっくり敦誉と話せるかもしれない。それもうれしくて、幸紀はいそいそと支度に取りかかった。牛車の手配をし、今日、訪ねる予定の先へことわりの文を書く。

そうして支度を整えて、急遽、敦誉と幸紀は比叡へと赴くことになった。

牛車の中では、このところの冷たいよそよそしさを崩さなかった敦誉だったが、比叡の館に着くと、さすがに、

「なつかしいな！」

とはずんだ声を上げた。

館はかつて都で著名な薬師として名を馳せた翁《おきな》が余生を過ごすために建てたものだそうだが、内裏の壮麗な殿舎を見慣れた目には、丁寧な普請ながら簡素な造りに映った。だが、敦誉と幸紀にとっては子供時代を過ごしたなつかしい屋敷だ。

「本当に。たったひと月、留守にしただけですが、なにもかも、もう遠い昔にあったことのような気がいたしますね」

幸紀の言葉にも、目は館の様子を見ながらではあったが、うなずいてくれた。

一休みしてすぐに、敦誉は裏山へと入った。都へ行くのをいやがってたたずんでいた川へと山道を登っていく。時折、立ち止まっては木に手を当てたり、空を見上げたりする。

こういう時、幸紀は黙って後ろをついていく。

比叡の山から敦誉がなにを感じ取っているのか、幸紀にはわからないが、邪魔をしてはならないと感じるからだ。

一度、「どうして敦誉さまには先の季節のことがわかるのですか」と聞いてみたことがある。

「いろんな……風や木、土の匂いや、川の流れの勢いや……水や空の色……だろうか。人に解き明かして話してやることはできぬが、それらのものから、伝えてもらえるのだ」

敦誉の答えは本人が言うとおり、はっきりしたものではなかったが、漁師が海と空の色から嵐が来るのを知るように、敦誉には空の流れが見えるのだろうと幸紀は納得している。

半刻ほどもそうして川のほとりにたたずみ、敦誉が館に戻ると、村長がすでに庭に来て待っていた。

「お待ち申し上げておりました。今年の天気はいかがでしょう」

「今年は梅雨が長く、雨が多く降るが、その後は日照りが続く。今のうちに雨水をためるための池をできるだけ多く、掘っておくがよいだろう」

尋ねる村長に、敦誉は鷹揚《おうよう》に答える。

「おお、なるほど！」

何度も何度も礼を言って村長が去ったあと、幸紀は、

「今の見立ては京の周りにも当てはまりましょうか」

と尋ねてみた。

「うむ。比叡と京は近い。同じことが言えるな」

「では、我が父にもはかって、見立てを民たちに知らしめてはいかがでしょうか。この村の民だけの知恵にしておくのはもったいのうございます」

これまでは鄙で暮らしていて、都は遠かった。だが今は、敦誉は内裏にいるのだ。民によりよい形で周知するのもむずかしいことではないだろう。

「それはよいな」

敦誉はすぐにうなずいた。

「田畑の作物が少しでも多く育てば、民が食べるに困らず、国も潤う。そのために、俺の見立てが役立つならば、うれしいことだ」

「では都に戻りましたら、早速に父に話しましょう！」

敦誉がまた普通に接してくれたのもうれしかったが、民のためを思う敦誉の姿勢も幸紀にはうれしい。

やはり敦誉は神か仏が己の眷属《けんぞく》を民のために遣わしてくれたのではないかと幸紀は思う。

本当に帝位につけば、敦誉は民のためになるよい政をおこなうだろう。

そうして比叡から戻ってみると、昭陽舎で源頼信が敦誉の帰りを待っていた。

「源殿！　お久しぶりでございます！」

頼信はせんだって敦誉が比叡から都に帰るにあたり、迎えに立ってくれた人物だ。

「実は今日は折り入って殿下にお願いしたき儀がございまして」

大納言の位にある頼信の願いごととは、除目《じもく》についてのことだった。近江《おうみ》の国司が病に倒れたという知らせが先日、御所に届いたが、万一の時には近江守《おうみのかみ》の職に頼信の弟を推挙してほしいという頼みだった。

まだ今の近江守が職を離れたわけでもないのに気の早い、と幸紀は思ったが、身内に少しでもよい職を、上の官位をと願う気持ちはわからないでもなかった。

「源殿にはひとかたならず、お世話になり申した。鄙から都へと不安な道中、あれこれと案内してもらい、どれほど心強かったことか。わたくしで力になれることがあればと存じますが、いまだ御所に戻って日も浅く、どなたにどうお話を繫げばよいのか、見当もつきませぬ」

敦誉はよどみなく言葉を続け、申し訳なさそうに首を振ってみせた。

本来の敦誉は歯に衣着せぬ物言いをし、直情的な質だと知っているだけに、幸紀は宮中の文化にのっとって振る舞う敦誉には感心するばかりだ。にこにことそんな主の様子を眺めていると、頼信は咳払《せきばら》いとともに、ちらりと幸紀を見てきた。はっとした幸紀だ。

「あ……お、恐れながら、教誉さま、我が父、藤原忠親にはかってみてはいかがでしょう」

「なるほど、左大臣殿に？」

教誉が身を乗り出すと、頼信は「おお」と声を上げた。

「それは……左大臣殿に、殿下よりお話をいただければ、どれほど心強いことか」

つまり頼信は、部下として身内の除目を左大臣に願い出るのに、皇子の口添えがほしいのだった。

「では一度、弟御に我が宮を訪れてくれるよう、お伝え願えまいか」

にこやかに教誉は頼信を見た。

「寡聞《かぶん》にして、わたくしは源殿の弟御を存じ上げぬ。官位を推薦するならば、人となりを見知っておかねばならぬと思うが」

その教誉の言葉に頼信は驚いたようだった。

「お、仰せのとおりでございます……弟には、改めてこちらに参内するよう、申します」

驚いたのは幸紀も同じだった。このように官位への口添えを願われるなど、教誉は初めてのはずだ。舞い上がって二つ返事で「俺が口をきけば大丈夫だ」と安請け合いするような質ではないのは知っていたが、人となりを見てからと毅然《きぜん》と言えるのは、教誉の若さと経験のなさを思えば相当のことだ。

だが、敦誉の狙《ねら》いはそれだけではなかった。

「国守は地方での勤めとなるが、その分、財をなすには有利だと聞く。財が目当てなのか、それとも近江という国に思い入れがあり、国のためにと思うのか。会って話してみねば、わからぬからな」

頼信が退出してから敦誉が明かした本意に、幸紀はまた驚かされた。国守の務めと利がどういうものか、敦誉は承知した上で、その職を望む者に会いたいと言ったのかと。

いまだ、敦誉と芳寿丸のどちらが東宮位につくのか、定まっていない。だが、恨みを忘れて民の暮らしに助言でき、除目についても人となりを見てからと言える敦誉と、後見が権勢をほしいままにふるうことになるのが目に見えている乳飲み子とでは、どちらが民にとってよい帝となるか、くらべるまでもないだろう。

敦誉さまが東宮に立てばよいのに……。

幸紀が思い新たに、敦誉の立太子を望むようになって二日。ついに、満月の日が来た。

「……今宵でございますね」

「うむ。またおまえに世話をかける。すまぬな」

敦誉はまっすぐに幸紀の目を見つめ、小さく頭を下げてくる。目が合うのは久しぶりで、それだけでうれしくなる幸紀だ。

「なにをおっしゃいます」

満月を迎えて、敦誉が申し訳なさそうな顔をするのはいつものことだ。そして幸紀はいつも本気で、少しだけ怒るのだ。

「わたくしにあやまられることなどなにもないと、いつも申し上げているではありませんか！　むしろわたくしは、敦誉さまのお役に立てることがうれしいのですから！」

「……おまえはそう言ってくれるが、俺はおまえに甘えすぎているのではないかと思う」

「こんな申し上げようは非礼と承知でございますが……敦誉さまは稀《まれ》に見る不運な星のもとにお生まれでございます。その敦誉さまのお役に立ち、口はばったい申し上げようながら、お守りすることができるのは幸紀だけ。幸紀はそれがうれしゅうございます」

心から言うと、敦誉はぎゅっと目を閉じた。

「……おまえは本当によく仕えてくれている。幸紀に出会わせてもらえたことだけでも、俺は神仏に感謝せねばならぬのだろうな」

「そのようにおっしゃられては……」

鼻の奥がツンとして目頭もじわっと熱くなって、幸紀はあわてて直衣の袖を目に当てた。

「幸紀こそ、尊敬できる主にお仕えすることができて、幸せでございます」

「尊敬できる主か……おまえにとって、俺は……」

語尾はうつむいた敦誉の口の中で消えていく。

「敦誉さま……?」

「よい。言ってもせんないことだ。幸紀、また今宵もよろしく頼む」

「心得ましてございます」

前日から物忌みと称して誘いはことわり、敦誉は母屋にこもっていた。母屋から続きの塗籠《ぬりごめ》という土壁で囲まれた部屋に、畳や筵《むしろ》、衾も用意し、母屋とは別の出入り口となる妻戸には閂《かんぬき》をかけた。

準備を整え、女房たちには敦誉は満月の夜には神経質になることから、物音が響きにくい塗籠で幸紀がつき添って過ごすと伝えた。万一のために、比叡から仕えてくれているきよと春実に母屋で控えていてもらう。

「では、敦誉さま」

西へ陽《ひ》が傾くのを待って塗籠への妻戸を開く。

無言で塗籠に入る敦誉に続いて幸紀も中に入り、妻戸を閉める。女房たちには決してこの戸を開けぬよう厳命してある。さらに、たとえ妻戸が開いてもすぐには中の様子が見えぬよう、妻戸の内側に御簾を垂らし、几帳を立てた。

これから一晩、陽が沈み、月が昇ってまた沈むまで、幸紀は敦誉と二人きりで塗籠で過ごす。月に一度の決まりごとだ。

塗籠に入ると、敦誉は衣裳を脱いでいく。幸紀はそれを手伝い、衣を衣架にかける。

烏帽子も脱ぎ、髪さえ下ろして、最後に単衣を肩にかけ、下帯だけになったところで、幸紀は下がって控える。

直衣を脱いだ敦誉は表向きの貴公子然とした態度を捨てて、行儀悪く片膝を立て、脇息に肘《ひじ》をつく。狼の耳が左右に開き、背後でふさふさの尻尾が畳をこする。――久しぶりに見る耳と尾だ。ゆるく揺れ続ける尾に、幸紀はほっとする。敦誉の機嫌は悪くないようだ。

「……幸紀」

「はい！」

敦誉のほうから話しかけてもらえたのもうれしくて、幸紀は勇んで返事をする。

「おまえは俺が東宮になればよいと言うが……落ち着いて考えてみよ。このような化け物が皇位を継いで、この国がよくなると思うか」

またなにを言いだすのかと、笑いたいような、真剣に怒りたいような、憤りにも似たものが腹の中をぐるりと一周する。

息を吐いて、幸紀は敦誉を見る。

「……世の中にはいろんな人がおります。背の高い者、低い者、太っている者、細い者、目や耳、口が不自由な者、四肢が自在に動かせぬ者……けれど、そういった、その人の軀の様子が、その人のすべてではございません。敦誉さまは確かに、珍しい耳と尾を持って生まれられ、このようなご不自由もお持ちですけれど、その代わりに……とても素晴らしいものを、天はお授けになられました。努力できること、学んだことをすぐにおぼえられること、勘のよろしいこと、人柄がいやしくないこと、なにより、民を思うこと、それすべて、立派な君主となるのに必要なことと幸紀は思います」

「前々から思っていたが、幸紀は俺を買いかぶりすぎるな」

敦誉は苦々しげに口元を歪《ゆが》める。

「買いかぶりなどと……。わたくしはむしろ、敦誉さまは神か仏の眷属ではないのかとさえ……」

「それが買いかぶりだというのだ。神か仏どころか、むしろあやかしの……」

そこで敦誉はふと言葉を切った。

「ああ……そろそろか」

うつむいた敦誉がそのままぐっと背を丸め、みずから下帯をゆるめる。喉《のど》から低く呻《うめ》きが漏れる。

「敦誉さま」

塗籠とはいえ、あまりに大きな声は廂にまで響く。幸紀は膝行《しっこう》して、声を殺す主のかたわらに寄り、その背を撫でた。

黒くなめらかな髪が短くなり、首筋や肩、背中に銀灰色の毛が生えてくる。やがてその肩が前に落ち、背が丸くなり、手足が縮みだす。肩に羽織っていた単衣と解かれた下帯が畳に落ちた。そうして、腕や脚にも毛が生え揃う頃には、敦誉の軀は狼のものになっていた。変わらぬのはもともと狼のものだった頭の耳と尻尾だけだ。

巨大で強そうな、雄の狼。

最後に敦誉は四本足で立ち、ぶるぶるっと全身を震わせた。

主従だけの秘密。

満月の夜、月が出ているあいだ、敦誉は狼になる。

初めて敦誉が狼に変身したのは、声変わりが終わったばかりの十三の時だった。その日は夕刻から敦誉は落ち着きがなかった。

「どうされました?」

立ったり座ったり、どうにも落ち着かぬ様子の年若い主に幸紀は問いかけた。

「いや……なんだろう。なんだか身の内がざわざわして落ち着かなくて……」

「ご気分がお悪いのですか?」

「気分が悪いわけではないと思う。……いや、悪いのかな……とにかく、ざわざわするんだ。幸紀はそんなことない?」

「いえ、わたくしは……」

そんな会話をかわしたが、不穏な気配だった敦誉がいよいよおかしくなったのは、灯台に火を入れ、しばらくしてからのことだった。陽が落ち、灯火《ともしび》の明かりだけになった部屋で、敦誉は突然、身を折って苦しみだしたのだ。

「敦誉さま⁉」

敦誉の口から人の喉から出ているとは思えぬ、低く濁った唸《うな》り声が上がる。

大きなその唸りに「どうなさいました⁉」ときよと春実が簀子を走ってきた。

その時、幸紀は見た。

うずくまる敦誉の首も、袖から出る手も、銀色に光る毛に覆われて、犬のような形に変わっているのを。

人に見せてはいけない！　幸紀はとっさに敦誉に覆いかぶさった。

「なんでもない！」

心配する家人に向かって叫ぶ。

「なんでもない！　大丈夫だ！　下がっていろ！」

「で、でも……」

「大丈夫だ！　呼ぶまで誰もこの部屋に近づいてはならぬ！」

あまりに幸紀が必死だったせいか、めったに声を荒《あら》げることのない幸紀の大声に、きよと春実は顔を見合わせつつ、下がっていった。

家人の足音が遠ざかるのを待って、幸紀はこわごわ、身を起こした。

「敦誉さま……？」

うずくまっていた敦誉が顔を上げる。

「っ」

大声で叫びそうになるのを、幸紀は必死でこらえた。飛びのきたくなるのも意思の力でなんとかこらえる。ここで叫んだり避けたりしたら、敦誉を傷つけてしまう。

敦誉は狼になっていた。一頭のまだ若い狼が、敦誉の狩衣を着て、不安そうに幸紀を見つめてくる。

「くぅん」

なにを話そうとしたのか。その口から出てきたのは、心細げな、犬によく似た鳴き声だった。

「敦誉さま、大丈夫でございますよ」

なにも大丈夫ではない。人が狼に変わるなど、とんでもないことだ。

だが、幸紀は怯《おび》えあわててはいけないと思ったのだった。誰より不安で怖いのは敦誉自身だ。ここで自分までうろたえたら、敦誉はどうすればいい。

「幸紀がついております。なにも案ずることはありません」

「くうぅ……」

幸紀、と呼びたかったのか。

獣の声しか出せない敦誉の目から、ぽろりと涙がこぼれ落ちた。

なんて……。

「大丈夫、大丈夫ですから……！」

狼の耳に尻尾。それだけで十分ではないか。貴き血筋に生まれながら、異形の者に生まれついたばかりにこんな鄙で暮らすことになり、その上、今度は本当に狼になってしまうなんて……。

自分より年若い主が哀れで、切なくて、幸紀は思わず狼の敦誉の首に抱きついた。

「大丈夫、大丈夫でございますよ……！　幸紀が、幸紀が、ついております！　ずっとずっと、敦誉さまをお守り申し上げますから！」

物置きになっていた塗籠に筵と衾を運び、その夜、幸紀はずっと、狼になった敦誉を撫でて過ごした。

もしかしたら、もうこのままずっと、敦誉は人の姿に戻れないのではないか。しんとした夜更けに、本物の狼としか見えない敦誉を見ていると、恐ろしく不安になった。だが、夜明けを迎えて月が沈むと同時に敦誉はまた苦しげに身をよじりだし、そして無事に人の姿に戻ったのだった。

それから六年。満月のたびに敦誉は狼に化身するようになり、幸紀は人に見られぬよう、塗籠にこもり、敦誉を守っている。

御所に来てもそれは変わらない。

敦誉の成長とともに狼の姿も大きく凜々しくなった。今では立てば幸紀の背と並ぶ。

その大狼は塗籠の中を落ち着かなげにぐるぐると歩き回る。人に戻ってからの敦誉に聞いたところによれば、狼になっているあいだも、人の言葉は理解できるし、知識や記憶も変わらぬという。ただ、やはり獣の本能が働くのか、やたらと外に出て駆け回りたくなり、遠吠《とおぼ》えもしたくなるのだという。

「敦誉さま、碁を打ちませんか」

少しでも敦誉の気をまぎらわせようと幸紀は誘ってみる。

敦誉は「そんなこと」と言いたげに溜息をつき、幸紀のかたわらに来た。幸紀の顔をペロペロと舐《な》める。

「あはは、敦誉さま、くすぐっとうございます!」

人の姿の時には年を重ねるごとにつれなくなってきている敦誉だが、狼になった時には逆に、昔より今のほうが、敦誉は幸紀に触れたがる。頭を胸に押しつけてきて、押し倒そうとするかのようにぐいぐい押されたりもする。

「もう」

精悍な狼の頭を耳の下で摑み、人間の時のように耳の下を掻いてやる。

「大人になさいませ」

狼になると常よりふざけたくなるのかもしれない。そう思って笑いながら、また押しつけられてくる頭を押しやる。もちろん、声はひそめてだ。

「幸紀さま、幸紀さま」

そうして、狼姿の主とささやかな攻防を繰り返しているところで、妻戸の外から春実の切迫詰まった声に呼ばれた。

「どうした」

幸紀は急いで几帳の外に出た。

「ただ今、右大臣家二の君の兼貞《かねさだ》さまが、今宵の月をぜひ昭陽舎の南の簀子からご覧になりたいとおっしゃって、お越しになっていらっしゃいまして……」

右大臣家二の君は一つちがいの兼忠の弟だ。幸紀にとっては従兄弟だが、兼忠とは腹ちがいで、別の屋敷で育っていたこともあり、仲がいいとは言いがたい。

「いや、今は物忌みで……」

「そう申し上げたのですが、少しだけ少しだけとおっしゃって……。今、こちらの母屋に入られようとするのを、きよが懸命にお止めしているところでございます」

「なんと……」

母屋にまで。

殿舎の主が物忌みだと人払いしているというのに……非礼なほどの厚かましさだった。

母屋に入ったら、今度は「一目だけご挨拶を」と強引に塗籠にまで入ってこようとするかもしれない。

それだけは絶対にさせてはならない。

幸紀は必死に考えた。どうしたら、無礼な来客を追い払える？

いや、本当に無礼なだけか？

兼忠は幸紀との仲もよく、右大臣家一の君とは言いながら、敦誉のことも敵視してはいない。だが……兼貞はちがう。もしかしたら、敦誉と幸紀になにか落ち度がないかと探しに来たのでは……。

よりによって、こんな時に。

「どうしよう……どうすれば……」

几帳の向こうには狼姿になった敦誉がいる。この姿になることは決して余人に知られてはならない。敦誉を守れるのは自分だけだと、幸紀は心を決める。

「殿下！」

聞き慣れない男の声が妻戸の向こうから聞こえてきた。ずしずしと足音も近づいてくる。

「今宵の月は素晴らしゅうございますよ！　そんなところにこもっていらっしゃらないで、せっかくの月を楽しもうではありませんか！」

母屋からの妻戸には閂がついていない。

「お、お待ちくださいませ！　今宵は誰も立ち入ってはならぬと我が主が……」

きよの必死の声がする。

「おまえの主は藤原幸紀であろう。敦誉親王の直接の命ではないわけだ」

「ですが！」

春実の声もする。

「この中には敦誉さまがいらっしゃいます！　我が主の命は敦誉さまのお言いつけと同じでございます！」

「では殿下に直接、幸紀の差し出口が正しいかどうか、尋ねてみよう」

もう妻戸のすぐ向こうで声がする。

「んあぁっ！」

もうほかに思いつけなかった。

直衣を脱ぎながら几帳の裏側に戻って、幸紀は高い声を上げた。いちかばちかだったが、狙ったとおり、女人のような高さの声が出た。

目を丸くしている敦誉に衾をかけて覆い隠し、さらに、

「ああ！　ああん！」

色ごとを装った喘《あえ》ぎ声をまね続ける。指貫も脱いで、急いで烏帽子も取り、頭上に結い上げていた髪もほどいた。昔から敦誉の身の回りの世話を焼いていて、髪も見よう見まねで結えるようになっていたのが幸いした。

これであきらめてくれるかと思ったが、ぎぃっと音がして、風が通った。

兼貞がついに妻戸を開いたらしい。

灯《あか》りは几帳のこちら側にしかない。

男の脚だとばれぬようにと祈りつつ、幸紀は帷から剝《む》き出しの脚を出した。

「ああ、殿下ぁ」

几帳から出した脚をくねくねと躍らせ、頭を下げ、黒髪を床に垂らしておいてから、

「あ！　だめ、だめです！　人が！」

闖入者《ちんにゅうしゃ》に気づいてあわてたふうを装って、急いで脚と髪を引っ込める。わざと衣擦れの音を高く立てて、脱いだ衣裳をかき回した。

賭けだった。

几帳の中をのぞき込まれたら、男なのも一人なのも、ばれてしまう。

「これはこれは」

兼貞らしき声がした。笑っているようだ。

「お邪魔をいたしました。殿下もなかなか隅に置けませせぬな」

「だ、だから申し上げましたでしょう……」

きよが取り繕ってくれる声も聞こえてきた。

「さあ……お早くご退出を。わたしたちが叱られてしまいます……」

「ご無礼つかまつりました」

まったく悪びれていない声がして、妻戸がふたたび閉じられた。

助かった……。

遠ざかっていく足音を聞いて、軀から一気に力が抜ける。

「はあ……」

脱いだ自分の衣の上に突っ伏す。よかった。とりあえず、切り抜けられた。

ほっとしたその時だ。

濡《ぬ》れた鼻づらが伏せた顔の横に突っ込まれてきた。

「あ、敦誉さま……」

衾でくるんだ敦誉が出てきたのだった。だが、どこか様子がおかしい。

ぐいぐいと頭を押しつけられて、仰向《あおむ》きに倒されてしまう。

「もう大丈夫ですよ？　どうなさいました？」

ささやき声で尋ねるが、敦誉はたくましい四本の脚で幸紀にまたがり、炯々《けいけい》と光る目で見下ろしてくるばかりだ。

「……敦誉、さま？」

敦誉から放たれてくる気がいつもとちがう。金色の目が光っている。

違和感とともに、ぞっとするような怖さを、初めておぼえた。

これまで、狼姿の敦誉と何夜、一緒にいたことか。

どれほど敦誉が大きく立派な狼になっても、怖いと思ったことはない。人のように白目に黒い瞳ではなく、金色に黒い瞳に変わっても、目を見れば敦誉は敦誉だと感じられたからだ。

けれど、今、敦誉の目はいつもとはちがっていた。

なにか怒っているのか。まっすぐに幸紀を見るその瞳には、これまではなかった熱い光が宿っている。敦誉が本当の獣に変わってしまったようで、背筋が凍る。

「敦誉さま？　な、なにかご無礼を……」

危地を切り抜けるためとはいいながら、まるで敦誉が女人を連れ込んでいるように装ってしまった。それが不愉快だったのだろうか。

「あ……」

それならそれを詫びようと口を開きかけたところで、唇をべろりと舐められた。

「ふやっ」

これまで頬や顎を舐められたことはあるが、唇を狙って舐められたことはなかった。なにか言おうとするのに、その口をべろべろと舐め回されて声にならない。

「あつ……」

あつたかさま。

呼びかけようとしたところで、頭の両側に前脚を置かれた。顔を挟まれて唇を舐められ、さらには牙《きば》で柔らかく唇を噛まれる。

「っ」

痛みはない。やはりこれまでに、じゃれて手足を甘噛みされたことはあったが、唇を食《は》まれたのは初めてだ。

「……んやっ……」

唇に牙が立つ。うなじにぞくぞくしたくすぐったさのようなものが走った。

「んん……」

敦誉さま、なにをなさろうというのです？

問いかけたいのに、唇を食まれ、舐められて、言葉を紡ぐこともできない。

「や……」

顔をそむけて、敦誉を押しやろうとしたが、それが逆に敦誉を煽《あお》ったらしい。

それまで唇を舐めていた舌が口の中に入ってきた。

ぺちゅり。

敦誉は鼻づらを幸紀の鼻に押しつけ、長い舌で幸紀の口の内側を舐め回してくる。

「んふうっ……んく……」

ちゅぴ、ぺちゃ、ぺちゅ……口の中を舐められる水音が頭の中から耳に響いた。

狼だからか。人のものより薄くなめらかな舌で、舌や口蓋《こうがい》を舐め回されて、くすぐったいような不思議な感覚に襲われる。うなじのぞくぞくはもう止まらなくて、背筋にまで広がっている。

「あっ、敦誉さま！」

ふざけているにしては行きすぎているし、怒っているにしてもおかしい。

幸紀は必死に腕を上げて、敦誉の頭を押しやった。

「おやめください！　こんな……ふざけていらっしゃるのですか！」

声をひそめるのも忘れてなじる。幸い、もう兼貞は退出しているのか、妻戸の向こうは静かなままだった。

「……………」

狼のあいだは人の言葉がしゃべれない。敦誉はじっと幸紀を見下ろし、そしてまた幸紀の唇を舐めようと鼻づらを寄せてきた。

「なりません！」

幸紀は顔をそむけた。なんとか敦誉の脚のあいだから逃げようと身をよじるが、それが気に入らなかったらしい。敦誉は狼の身を幸紀の上に伏せてきた。

そうして上から覆いかぶさり、身動きできなくさせて、敦誉はまた幸紀の口を狙う。

「な、なりませんというのに……！」

ふざけているのか、それとも、狼となって女人に触れたい欲が溢れたか。

「ゆ、幸紀は女人ではございません！　ですから早くお后さまをお迎えなされば……」

「バウ！」

敦誉が大きな声で吠えた。

「お、お静かに！」

吠えてはいけません、と言いかけた口を、またべろりと舐められる。

「あっ……」

押しとどめようとしたが、ぐいぐいと鼻を寄せられ、唇を舐め回された。

「あ、敦誉さま！　で、ですから、こういうことは、姫君に……」

「ウゥ」

たしなめられたことに反論するように、敦誉は短く唸った。鼻づらにしわが寄り、牙がのぞく。そして敦誉は強引に濡れた鼻先を首筋に押しつけてきた。冷たさにびくりとすると、単衣の襟を押し広げられ、首の付け根を噛まれた。

加減してくれてはいたが、牙には圧があった。

「いッ……」

痛かったわけではないが、思わず声を上げてしまった。

すると、噛んだことを悪いと思ったのか、今度は首筋をぺろぺろと舐め回された。

「あんん……！」

くすぐったくて、くすぐったいばかりではない気持ちのよさに、声を出さずにいられなかった。先ほど、敦誉が閨のことに及んでいるように装うために、女人がそういう時に出す声をまねてみたが、それよりももっと甘い声が漏れる。

「あ、あつた、かさま……！」

いけない。こんなことは、いけない。こういうことは想う姫君にするべきことだ。

抗《あらが》って半身を起こそうとしたが、頭でぐいっと胸元を押された。ふたたび、強靭《きょうじん》な四肢の下に押さえ込まれる。

「あ、あッ……」

そうして幸紀を仰向けに押し倒して、敦誉は大きな前脚で器用に幸紀の単衣の前を開いた。露《あら》わになった胸に鼻を押しつけられ、なめらかな舌を這《は》わされる。

「んあっ、あ！」

上質の絹のようになめらかな舌で胸の尖《とが》りもべろりと舐められた。初めて知る快感が走る。くすぐったさに似ているけれど、それよりもさらに甘く、切なさを含んでもいるかのような、不思議な感覚。

「な、なりませ……あ、んんっ……」

やめてほしいのに、もっと強く、もっと何度も、その刺激がほしくなる。それが伝わってしまうのか、敦誉は繰り返し繰り返し、執拗《しつよう》に幸紀の尖りを舐めた。

「んあ……ッ、あ、あつ、敦誉さまッ……そ、そのように、そんなところをっ……」

これまでほとんど意識したことのなかった小さな肉粒が、舐められ続けてじんじんしてくる。

と、今度は敦誉は舐めていないほうの乳首を前脚で軽く掻いてきた。

「あんんっ！」

ごつい手なのに、さわり方は優しい。足裏の細かい毛と弾力のある肉球に乳首をぽんぽんと叩かれ、こすられ、背が跳ねた。――たまらない。

「い、いけません！　いけませんと言うのに……！　あんんぅ……ッ」

左胸は舌で舐められ、右胸は前脚で遊ばれて、続けざまに与えられる刺激に幸紀はもう、身をよじるしかなかった。

乳首が両方とも膨れて硬くなったような気がする。じんじんして、熱くて、痛いほどに小さな粒が張り詰めて……そして、とても気持ちがいい。

なぜ、敦誉にこんなことをされるのか、幸紀にはわからない。ここのところ、目も合わせてくれないほどだったのに、今度はこんなふうに、男君が女人を愛《め》でるようなことをするのはなぜなのか。

「あつ……」

敦誉さま、と名を呼ぼうとすると、顔を上げた敦誉が見下ろしてきた。その目がくっと細くなる。

もちろん幸紀には、解いた髪を褥に広げ、白い単衣をはだけさせられて、乳首を弄《いじ》られる快感に目を潤ませている自分が、敦誉の目にどう映っているのかなどわからない。己が誰かを欲情させるなどと、これまで想像したこともない幸紀だ。

「敦誉、さま？」

なぜこんなことをなさるのですか。

尋ねようと口を開くと、ふたたび唇を舐められた。すぐに口中にも舌が入れられてくる。

「……んふ……ん……」

乳首がじんじんしているせいだろうか。それとも全身がほのかに熱くなっているせいか、躯の芯《しん》も疼《うず》きだしているせいか。唇や口の中を舐められるのも、さっきまでとはちがっていた。

気持ちがよかった。頭がぼうっとしてくるほどに。

知らぬうちに、幸紀は敦誉の狼の頬を摑み、自分も必死に敦誉の舌を舐め返していた。

激しい口づけになった。

「くぅぅ」

小さく敦誉が鳴き声を上げる。「幸紀」と呼びたかったのか、それともほかに言いたいことがあったのか。

「あ……」

自分に伸《の》しかかる狼を見上げる。どこからどう見ても狼だ。ぴんと立った耳も、長い鼻づらも、黒い鼻も、大きな口からのぞく白い牙も、その軀も。けれど、中身は敦誉なのだ。

「あつたか、さま」

ささやき声しか出なかった。

細い声で名を呼ぶと、また、敦誉は切なげに金色の目を細めた。やにわに、顔といわず、胸といわず、幸紀の全身を舐め始める。

「あ、あつ……ッ」

舐めては甘噛みされ、鼻を押しつけられて、全身を可愛がられた。

「あ、ああ、アッ……」

首筋を、胸を、脇腹を、舐められて、甘く噛まれる。

全身がわけのわからない熱に犯されて、幸紀は悶《もだ》えた。背を反らして声を上げると、少しその熱を減らせるような気もしたし、逆にもっと高まるような気もした。

狼の姿の敦誉に愛撫《あいぶ》されて、なぜこんなに気持ちがよくなるのか。本当なら敦誉を止めなければならないのに、全身に甘い疼きが満ちて、逆にもっともっとと自分から求めたくなっていることに、幸紀はうろたえる。

いつしか単衣の紐《ひも》がほどけていた。

幸紀を舐め回していた敦誉の頭が下へと移る。

「あ、敦誉さま！　そこは、そこはなりません！」

必死で止めたが、敦誉は口と前脚で下帯びをゆるめてしまった。

「アア……ッ」

股間《こかん》も躊躇《ちゆうちよ》なく舐められる。

幸紀の雄は狼の敦誉に与えられた刺激のせいで、もう血を集めて天を向いて勃《た》っていた。

下腹だけでなく、敦誉は溢れだした先走りの露ごと、幸紀の興奮をぺろぺろと舐め回した。揚げ句にすっぽりと長い口の中に幸紀の肉茎を咥《くわ》え込んでしまう。

牙でゆるく猛《たけ》りを挟まれ、さらに薄い舌を使われた。

「んあああ——……ッくうぅ……」

主にそんなことをさせてはならないのに。こんなことをしてはいけないのに。

高まる心地よさに抗うことは、もうできなかった。

圧倒的な気持ちのよさと、これまで知らなかった強烈な快感に、幸紀は弓なりに背を反らして、敦誉の口の中に快楽の白濁を吹いた。

股間が重だるくなり、なんだかむずむずする時には、精を自分で出して処理する。それを女人の陰部に刺して出せば、子を孕《はら》ませることができるという知識はあるが、もちろん、これまで、そんなことをしたことも、したいと思ったこともない。

自分の手でしごき出すだけで十分に気持ちもよいし、満足だったからだ。

けれど――敦誉の口に……しかも狼の口に咥えられ、舌でねぶられた快感は強烈だった。絶頂の瞬間には、より深く咥えられたくて腰が勝手に浮き、自分が主にどれほど無礼な振る舞いをしているのかさえ、わからなくなっていた。頭の芯が真っ白に焼けて、とにかく気持ちがいいということしか、わからなかった。

精を吐き終えても、乱れた息はおさまらず、強すぎた快感の余韻に全身がびくびくと震える。

「あ……」

しかし、長く息を吐き脱力しかけた時に、敦誉が顔を上げた。こぼれたのか、口の横についた白いものをべろりと舐める。

「あ……敦誉さま!」

さあっと顔から血の気が引くのが自分でもわかった。主の口に精を吐いてしまった。

幸紀は飛び起きると、敦誉の頬の毛を摑んだ。

「の、飲んだんですか! なんてことを……ぺってなさい! ぺって!」

敦誉は知らぬ顔だ。わざとらしくまた、口の回りをべろりと舐める。

「敦誉さま!」

よいではないか。

人間だったら、そう言ったか。

答える代わりにゆるく尾を振り、敦誉は幸紀の胸元に頭を押しつけてきた。また押し倒されて、首筋を柔らかく食まれる。

「あ……っ」

達したばかりだからだろうか、それだけで全身に甘い震えが走った。腰がじんと痺《しび》れる。

「あ、あっ……」

敦誉さま、もうこれ以上はなりません。

制止の言葉を口にしようとすると、また唇をしゃぶられた。

「ん、あ……！」

もういけないと思うのに、怪しい疼きがまた湧《わ》いてくる。熱いものが腰の奥にふたたびきざしそうで、そんな反応をしてしまうのが怖くて、情けなかった。

また、主の口の中に精を放ってしまうのだろうか。そんな不敬なことを、また……。

「つくぅ……う」

嗚咽《おえつ》が込み上げてきた。

自分はこんなに淫《みだ》らなことに弱かったのか。こんなに……。

幸紀が泣きだしたことに驚いたのか、敦誉の動きが止まる。

「も、……おやめ、くださ……もう、お許しを……」

両手で顔を覆い、泣きながら切れ切れに訴える。

「……………」

敦誉が身を起こして、名残惜《なごり》しげにゆっくりと離れていく気配があった。

幸紀は頰を濡らしたまま起き上がると、脱がされた衣裳を胸に抱えた。几帳で囲まれた褥から、塗籠の奥へと急いで逃げる。

「くう」

わかった、なのか、悪かった、なのか。細く小さな声で鳴いただけで、敦誉は追ってはこなかった。

なぜ、こんなことに……。

胸に衣裳を抱えたまま、幸紀はその場に突っ伏して丸くなった。


翌朝、幸紀が目覚めると、背に衾がかけられていた。眠りから覚めると同時に、昨夜の記憶がくっきりとよみがえってくる。

羞恥と困惑。

なぜ敦誉はあんなまねをしたのか。狼になって、獣めいた興奮に襲われたのか。そして自分はなぜあれほどに乱れてしまったのか。いくらこれまでそういった経験がなかったとはいえ、主の口に精を放つなどと……。

躯を起こしかけて半裸のままなのに気づき、幸紀はあわてて単衣の前を合わせた。

薄く開いていた妻戸が、そこでさらに大きく開いた。ぱっと明るくなる。

「起きたか」

敦誉だった。人の姿に戻っている。

髪は後ろで乱暴に一つにまとめられているが、狩衣姿だ。

「……あやまらぬぞ」

じっと幸紀を見つめ、敦誉はそう言った。

「昨夜のことを、俺はあやまらぬ」

「……い、いえ……」

あやまってほしいとは思っていない。そもそも、あやまってもらうようなことだろうか。

「わたくしのほうこそ……主に対して、とんだ無礼を……」

されたこととは言いながら、主の口中に精を放ってしまった。

「で、でも……あのようなおふざけは、もう決してなさいませぬように」

「おふざけ?」

「こう申し上げては……失礼かと存じますが、昔から敦誉さまは満月の夜は少し……やんちゃになっていらっしゃいました。昨夜も月のせいで興奮なさっていたのでしょう」

「は」

幸紀の言葉を皮肉に笑って、敦誉は首を横に振った。

「月のせいで変わるは姿形ばかり。俺の心はなにも変わらぬ」

「昨夜は幸紀もいけなかったのです。兼貞殿を追い払おうと、まるで敦誉さまが女人を褥に引き入れているかのように装いました。わたくしがあんな声を出して、あんな品のないまねをしたために、敦誉さまも羽目をはずされてしまったのです」

「……興奮はしていたし、羽目をはずしたのも認めよう」

さらさらと衣擦れの音を立てて、敦誉は幸紀のそばに来た。片膝をついて、幸紀と目線の高さを合わせてくる。

「だが、おまえにしたことは、もうずっと、俺がおまえにしたかったことだ」

冗談を言っている瞳の色ではなかった。

「あ、あのように、いやらしいことをでございますか？」

まさかと思いながら尋ね返せば、「そうだ」と真顔でうなずかれる。

「口を吸ったり……胸を舐めたり……女人にしたかったことを、幸紀にしてみたと、そういうことでございますか？」

「ちがう」

短く、きっぱりと否定された。

「女人にしたかったわけでもなければ、ほかの誰にもそんなことをしたいと思ったことはないわ。俺は幸紀、おまえに触れたかったのだ。もうずっとだ」

「ずっと？　え……わたくしに、ですか？」

うろたえて聞き返す。昨夜、幸紀の唇や肌を舐めた執拗な舌やあちらこちらを食んだ牙、そして、股間のものさえ咥えた口を思い出す。あんなことを、もうずっと、敦誉は幸紀にしたかったというのか。

「そうだ」

今度は短くきっぱりと肯定される。

「俺はおまえが好きだ」

「え、あ、それはありがとうございます。わたくしも敦誉さまが好きでございますが……」

「そういう好きではないわ」

溜息とともに首を振られる。

「俺はおまえを……こころよく思うとか、好ましく思う程度の好きではなく、男が女を恋うるように、伴侶として番《つが》いたいという意味で、おまえが好きなのだ」

誤解や解釈ちがいの余地を残さない敦誉の告白に、幸紀は目を見張った。

「恋うる……？」

敦誉の手がそっと頬に添えられた。その瞳が熱く幸紀の視線を捉える。

「俺はおまえを我が妹《いも》としたい。おまえの背の君となりたい」

「わ、わたくしは男です……敦誉さまの后となることはできません……」

驚きさめやらぬまま、首を横に振った。敦誉はいったいなにを言っているのか。

「……わかっていた」

とても切なげに敦誉は目を細め、眉を寄せた。

「おまえは二言目には俺に女人を娶《めと》るよう、勧めてきたからな。おまえが無邪気に、都には美しい姫たちがいるだの、俺を好ましく思う姫たちは多いだの言うのを聞くたびに、俺がどんな思いでいたか……」

まるで鋭い針で胸を突かれでもしたかのように、敦誉は胸をぎゅっと押さえた。その顔がさらに歪む。

「俺がおまえを想うようには、おまえは俺を想ってくれていない……何度も何度も、俺はそれを思い知らされてきた」

痛みと苦しさを耐える主の顔を、幸紀は呆然《ぼうぜん》と見つめる。主にそんな想いを抱かれていたとは、露ほども気づかなかった。

敦誉の瞳は言葉以上に雄弁に、片恋がどれほど苦しかったか、切なかったか、幸紀に伝えてくる。

「同じ想いをいだいてもらえぬのなら……いっそあきらめてしまいたい、おまえのことなど、もうどうとも思わぬようになってしまいたい……どれほどそう願ったか……だが、俺はどうしても、おまえを恋うることをやめられなかった」

知らなかった。そんな片恋のつらさを、主がいだいていたとは……。

なにか言わなければと、幸紀は口を開いた。

「あ……あの、あ……それは……敦誉さまはなにか勘違いをなさっておいでなのでは……。とても……とても小さい時にお会いしましたから……わたしになついてくださって……それをそういうお気持ちと、勘違いを……」

その幸紀の言葉に、敦誉は悲しそうに首を振った。

「勘違いなものか。おまえはあれほどのことを俺にされて……あれが勘違いゆえの所業だと、それでも思うのか」

愛《いと》おしそうに唇と口を舐めた舌、肌に押しつけられた頭、幸紀の陰茎《いんけい》を熱心にしゃぶった口……昨夜与えられた愛撫と快感の記憶が、その感覚とともによみがえってきた。

「あ、あ……あれは……あ……でも、なりません！　そんな、わ、わたくしは男です！　敦誉さまがいくら想ってくださっても……！」

記憶からも、敦誉自身からも逃げようと、幸紀は腕をついて後ろへといざる。

「いけません！　なりません！」

「……俺の気持ちをおまえが素直に受け入れてくれることはないだろうと、思っていた」

深く長い溜息をつかれた。――その溜息を聞いた瞬間に、これまで数限りなく、敦誉がついた溜息が思い出された。なんの不興を買っているのかと、ずっと不安だったが……。

「おまえのことだ。そんな世迷いごとを言わず、どこぞの姫を娶れのなんのと言うだろうと……」

「そ、それはそうでございます!」

幸紀は身を乗り出した。

「敦誉さまは帝の血を引く立派な皇子であらせられるのですから! わたくしなぞを好きだなぞとおっしゃっていてはいけません! 敦誉さまはご不運にも、親しき友と呼べる方がわたくしのほかにいらっしゃいません。ですからそんな、おかしな勘違いをなさってしまわれたのです! それにもちろん、昨夜の月のせいです! お姿が変わって、そのせいで、やはりお心が騒いでしまって……」

「……受け入れられぬのは仕方がない。だが、昨夜の俺の振る舞いを月や狼の姿のせいにされるのは……つらい」

つらい、と敦誉はうつむいてしまう。

「敦誉さま……」

敦誉のうつむいた頭で、狼の耳も力なく左右に垂れている。敦誉がそんなふうにしょげて耳を垂らしている時には、幸紀はいつも、その耳を撫でた。励ましたくて、慰めたくて。今も、ついその耳に手を伸ばしかけて、けれど幸紀はためらった。

「と……とにかくでございます！」

幸紀は単衣の襟を整えて、できるだけしゃんと背を伸ばした。

「ああいうお戯《たわむ》れは、今後はなさいませんよう」

垂れた耳に向かい、毅然と言い渡す。

「……戯れではない……」

敦誉は弱く言って、また首を振る。

「戯れなどでは、決してない」

小さな声だったが、そこには想いの強さのようなものが宿っていた。だが、幸紀はその声にうなずくわけにはいかない。

「わたくしの望みは、敦誉さまがお生まれにふさわしい位につかれることでございます」

強い口調で言う。だが、幸紀の言葉よりも強く、

「……俺はおまえさえいれば、皇位も贅沢な暮らしもいらない！　俺が皇子らしく振る舞うのも、おまえに褒められたい一心だ！」

拳を握り、敦誉は低く激しく言いきった。顔を上げる。

「おまえと二人でいられるなら、どこでもいい。どこでも俺は暮らしていける」

真摯《しんし》な想いが伝わってくる声と瞳の色だった。

しかし——。

敦誉の側近としても、藤原家二の君としても、幸紀は敦誉の気持ちを受け入れられない。年上の近侍として、主の浅い考えを戒めねばならなかった。

「なにをおっしゃいますか」

厳しい声を出した。

「今や、今上陛下の血を直接に継がれている男君は敦誉さまお一人。そのお立場をなんと軽くお考えです。わたくしと二人ならばどこででもなどと……貴いお努めを果たすお血筋でありながら、そんなことをおっしゃってはなりません」

「幸紀……」

苦しげな敦誉をさらに叱責《しっせき》するのはためらわれたが、それでも言わねばならなかった。

「もちろん、主上のお考えによりますが、わたくしは敦誉さまが東宮に立たれ、いずれは帝となられることを望んでおります。そしてしかるべきお生まれの美しい姫君を后となされ、皇統を盤石のものにするために、ほかにも健やかな御子をお産みなされるご側室をお持ちいただきとうございます」

敦誉は苦しそうに眉間にしわを寄せて、幸紀を見つめてくる。

「……それが……本当におまえの望みなのか……おまえは、それでも俺に、后を持てと言うのか」

「はい」

大きく深く、幸紀はうなずいてみせた。

「その時にも、もしお許しをいただけるなら、敦誉さまとお后さまのおそば近くお仕えさせていただければ、幸紀はうれしゅうございます」

敦誉は拳で己の胸を押さえた。深く、険しく眉を寄せて、ふたたびうつむく。

「……そうか……それが、おまえの望みか……」

はい、とうなずこうとして、けれど、あまりに敦誉が苦しそうで……。

幸紀は膝の前に手をつくと、丁寧に敦誉に向かって一礼した。

三

初めて会った時に、瞳の光の強さに驚いた。

真っ黒に日焼けして、手足にも顔にも泥をつけて、本物の子犬のように部屋に飛び込んできた皇子。

父から、「狼の耳と尻尾があるために、鄙で人目を避けて育てられている皇子」の遊び相手かつ勉強相手として比叡に行くようにと命じられた時から、幸紀は「どんな殿下だろう」と会えるのを楽しみにしていた。

年は四つ下の五歳と聞いた。

人目を避けて育てられている、小さくて、色白で、内気な御子を思い浮かべていた幸紀の予想は思い切り裏切られた。

「石をぶつけられたから、追っかけて殴ってやった」

自慢げに胸を張る幼な子は、家人たちが手を焼くほど元気でやんちゃで、少しもじっとしていなかった。狼の耳をぴんと立て、尻尾をぶんぶん振りながら走っていく彼は、かわいそうにと庇護《ひご》されるひよわな存在ではなかった。

けれど、その元気で小さな彼は己の異形を恥じていた。

部屋に飛び込んできて幸紀の挨拶を受けた彼は、まず頭の耳に手をやり、それからあわてて尾を押さえた。それだけの動作で、彼が初めて会う幸紀に対して狼の耳や尾を恥ずかしく思っていることが幸紀には痛いほど伝わってきた。

この小さな子を幸せにしてあげたい。

幸紀の胸はその思いでいっぱいになった。

会ったばかりの頃、敦誉はそれこそ箸も満足に持てなかった。二本の箸を拳で握り、鷲掴みにした茶碗を口に持っていって豪快にかき込む。魚は箸を放り出して手で掴む。骨の部分は器用に避けて、それでも口に入った骨はぺっぺっと吐き出す。

「これまで誰も、敦誉さまに躾らしい躾をなされなかったのでしょう」

きよは満足に立ち居振る舞いを教えられていない敦誉に同情しているようだった。

「世話役の命婦は主上のご命令で敦誉さまについていらっしゃるはずですが、どうせ御所に戻られることなどないのだから、礼儀作法など教えても仕方がないと言うのです。それは確かにそうですけれど、今のままでは村の子よりもひどい。おいたわしいと存じます」

なんとかしてあげたい。

「ねえ、きよ。明日から、ぼくと敦誉さまと一緒にお食事をしてはいけないかしら」

皇子と臣下。分をわきまえて、比叡に来て数日、幸紀は敦誉と別で食事をとっていた。行儀作法が大切だ、箸の持ち方を変え、作法にのっとってお食事をと、まだ五歳の子を叱っても仕方がないように幸紀には思えた。

きちんとした箸使いで丁寧に食べる様子を見せるほうが早いのではないか……その幸紀の思惑は当たり、敦誉はぽかんとして幸紀が食べる様子を見つめた。

「敦誉さま、お箸の使い方やお椀の持ち方を、幸紀がお教えしましょうか」

「ゆき、ゆきのりは……ゆきのりは綺麗だから……でも、おれは……」

健康的に日焼けした頬を赤らめて敦誉はうつむいた。

「幸紀を褒めてくださって、ありがとうございます。でも、敦誉さまも、きちんと作法を学び、身だしなみを整えれば、これからお綺麗になれますよ?」

「ほんとう?」

自信がなさそうに、でも、少し期待した様子の敦誉は可愛らしかった——。

その日から、敦誉は幸紀が教えることを素直にまねるようになった。

皇子として恥ずかしくない立ち居振る舞いを、敦誉は素晴らしい勢いで身につけた。

ふだんの所作だけではない。

都では評判の秀才だった幸紀は九歳で史記を諳んじ、漢詩を詠み、漢字はもちろん、仮名文字も自在につづることができた。星の動きから人の世を占う天文学も、計算の仕方を習う算術も得意で、琴や箏、笛も美しく奏でることができた。

そんな幸紀に、四つも年下の敦誉がついてくるのは大変だっただろうが、敦誉は幸紀が

していることをなんでもまねたがり、教えられたとおりに書を読み、熱心に練習を重ねた。

三年もすると、敦誉は幸紀が新しいことを学ぶ時にはともに学ぶようになり、時には幸紀がまだ繙《ひもと》いていない書を先んじて読むようになった。

村の子よりも乱暴で、仮名さえ読めなかった皇子が。

幸紀は敦誉の持って生まれた賢さや努力を惜しまぬところを、素直にすごいと思う。

そして、敦誉には勇気もあった。

敦誉の左耳に残る傷跡は幸紀をかばってできたものだ。敦誉十四歳、幸紀十八歳の時のことだ。

春先の山で、幸紀はぜんまいやわらびを採るのに夢中になって、つい、奥へ奥へと入ってしまっていた。ふと気づけば、一緒に来ていた敦誉と春実の姿が見えなくなっていた。

「おーい、おーい」

大きな声を出しても返事が聞こえない。

あわてて元の道へ戻ろうと斜面を登りかけたところで、背後の木立で物音がした。

「春実?」

振り向いた幸紀は現れた影にぎょっとした。

それは痩《や》せて目を光らせた野犬の群れだった。低く唸りながら幸紀に向かってじりじりと間合いを詰めてくる。

村の子が野犬の群れに襲われて亡くなったと、きよに聞いたばかりだった。

十数匹はいただろう。獰猛《どうもう》に牙を剝き出し、目を狂暴に光らせ、野犬たちはすぐにも飛びかかってきそうだった。幸紀は恐怖に軀がすくみ、身動きもできなかった。

「幸紀！」

その時、頭上から声がした。はっと見上げると、斜面の上から敦誉がすべり降りてくる姿が目に入った。

「敦誉さま！　戻ってください！　犬が！」

その声が合図だったかのように、犬たちが唸り、吠えながら飛びかかってきた。

「っ！」

とっさに頭をかばって幸紀はしゃがみ込んだ。犬に襲われるのを覚悟する。だが——。

ばわわわん‼　んがあああ！

きゃいん！

わうわう！

恐れていた嚙みつかれる痛みはなく、犬同士が争うような気配と吠え声が聞こえた。

驚いて顔を上げると、敦誉の衣が犬の群れの中にあった。しかし、人の姿ではない。

「あ、敦誉さま……⁉」

満月の夜にだけ、狼に姿が変わるはずなのに。しかし、野犬の群れの中、人の衣をまとった狼は銀灰色の毛を光らせている。

「ヴァン！　ヴァン！」

ひときわ、低く太い声で吠え、敦誉は一匹の犬の喉元に食らいついた。それが頭だったのか、ほかの犬がひるむ。

「ワウゥウゥウゥ」

勝利宣言のようだった。敦誉が頭らしい犬を放し、高らかに遠吠えをすると、犬たちはもう完全に戦意を喪失したらしい、尾を巻いてすごすごとあとずさった。

「敦誉さま‼」

幸紀は転《まろ》びながら敦誉のもとに駆け寄った。顔に血がついている。耳のあたりが特にひどい。

「あ、敦誉さま、お怪我を⁉」

見ると左耳の端に裂傷があった。けれど敦誉はその傷をまるで気にするふうではなく、幸紀の顎を舐めた。「おまえは大丈夫だったか」と尋ねるかのように。

「おまえが犬に襲われているのを見て、頭にかあっと血がのぼったんだ。助けなきゃってそれしかわからなくて……気がついたら、狼になってた」

敦誉はその時のことをそんなふうに話した。自分でもなぜ狼姿になれたのか、わからぬらしい。

満月の夜以外で敦誉が狼になったのは、後にも先にもその時だけだ。

従者のために、そこまでできる主がほかにいるだろうか。

賢く、努力を惜しまず、勇気のある敦誉。そんな主に仕えられることが、幸紀の喜びであり、自慢でもあった——。

狼の姿の敦誉に全身を愛でられ、朝になって想いを告げられたあと、塗籠から自身の局に戻った幸紀は褥に伏して、しばらく動けなかった。

「俺はおまえを男が女を恋うるように、伴侶として番いたいという意味で、おまえが好きなのだ」

「俺はおまえさえいれば、皇位も贅沢な暮らしもいらない」

「おまえと二人でいられるなら、どこでもいい。どこでも俺は暮らしていける」

熱い告白の言葉。

これまでの敦誉の態度を思い出す。元服を過ぎた頃から、以前のように手放しで甘えてくれなくなった。時々、妙に皮肉な眼差しや、突き放すような言動があって、敦誉の本心が見えなくなったと思っていたけれど……あれもこれも全部、本当は幸紀に対して特別な気持ちがあったからだというのか。あの溜息も、冷たい言葉もすべて……。

「まさか」

衾につぶやきが吸い込まれる。

嘘でも冗談でもないことはわかっていて、それでも信じがたいのだ。昨夜されたことも、敦誉の告白も、全部、夢ではないのかとさえ思う。

あんなことを、敦誉はもうずっと、自分にしてみたいと望んでいたというのか。

「……っ」

昨夜の愛撫を思い出して、腰の奥がずくりと疼いた。今は触れられていない乳首もジンと熱を帯びるようだ。

本当に、いやらしかった。まるで男が女人にするように、敦誉は幸紀を愛でた。

そういえば、と幸紀ははっとする。

このところ、敦誉はおかしかった。恒例の「雷怖い」もなかったし、幸紀に対してどこかよそよそしかった。

考えてみれば、敦誉に一線引かれたのは、幸紀が付け文をもらってからのことだった。

あの時の敦誉の態度に「嫉妬」という文字を当てはめると、するすると謎が解ける。幸紀の評判が上がるのは面白くないと顔をしかめた意味も。敦誉さまに近づきたいと思っている姫君は大勢いると言った時に、敦誉がおかしな顔をしたわけも。

「あれも全部……」

自分への想いがあればこそだというのか。

「ならぬ……」

衾に突っ伏したまま、幸紀はつぶやいた。ぎゅっと目を閉じる。

どれほど敦誉の想いが真剣であろうと、それを受け入れるわけにはいかない。

『ゆきのり』

幼く、高い声が耳によみがえる。

箸がうまく使えた時の満面の笑み、自分の名前を呼ぶうれしそうな声……記憶の底から、次々と敦誉の声や表情が浮かび上がってきて苦しくなる。

敦誉が自分を慕ってくれていたように、自分もまた、敦誉が可愛かった。大人になった敦誉が昔のようになついてくれなくなって寂しかった。

けれど、敦誉が望むように、触れたり、触れられたりしたいとは幸紀には思えない。もうずっと、敦誉は自分のことをそんな目で見ていたのか。とまどいばかりが大きくなる。

「……っく」

敦誉には幸せになってほしい。敦誉が傷つくようなことはあってほしくない。

だが今、敦誉を傷つけているのはほかならぬ幸紀自身だった。

「それでも……なりませぬ……」

ぎゅっと拳を握って幸紀は呻いた。

なんとか気を取り直し、きよに手伝ってもらいながら直衣を着ているところに、敦誉に仕えている女房の一人がやってきた。

敦誉が呼んでいるのかと幸紀は思ったのだったが……。

「殿下には、幸紀さまがかねてよりお望みの宿下がりをお許しあそばすとのこと。しばらくゆっくりとご実家にてお過ごしあれとのお言葉にございます」

「え」

女房の言葉がすぐには理解できなかった。

「宿下がり？　そんなことをお願いしたおぼえは……」

言いかけてはっとする。

敦誉は幸紀に家に帰れと言っているのだ。

暗がりから突然、頭を殴りつけられたようだった。

「それは、まちがいないのですか。敦誉さまが幸紀さまに宿下がりをお許しになるというのは」

敦誉から突き放された――その事実に呆然としている幸紀に代わって、きよが確かめてくれる。

「はい。支度がすみ次第、退出なされてよいとのことでございました」

膝から力が抜けて、幸紀はその場に座り込んだ。心配そうなきよに肩に手を添えられる。

「敦誉さまに、お目にかかることはできましょうか。宿下がりの前に、ご挨拶申し上げたいと存じますが」

きよがまた、幸紀の代わりに尋ねてくれるのを、幸紀はぼんやりと聞いていた。

「それが……。殿下は麗景殿《れいけいでん》の女御さまからお誘いいただいて、お出かけになられました」

そこでようやく幸紀は顔を上げた。

「麗景殿へ？」

麗景殿の女御は帝の側室の一人だが、妙齢の妹がいる。女御は以前から、この妹と敦誉を会わせたがっていて、庭の桜を見に来ないか、琴と笛を合わせないかと誘いが来ていた。そのたび、敦誉は面倒がって、物忌みが、先約がと、ことわり続けていたのに……。

「はい、先ほど」

使いの女房が申し訳なさそうに答える。

「……そうか」

幸紀はなんとかうなずいてみせた。

「そうか……あいわかった。では、わたくしはしばしのいとまをいただこう……」

女房が下がると、「幸紀さま……」と、きよが心配そうに声をかけてきた。

きよは、敦誉が幸紀べったりだった幼い頃を知っている。幸紀を御所に引き留め、まるで女房のように母屋の廂に住まわせたのは敦誉だ。それなのに今になって急に、幸紀が望んでもいなかった宿下がりを言いだしたのを、きよはきよなりにおかしいと察してくれているのだろう。その顔は曇っている。

「……案ずるでない……家に帰る、支度を頼む……」

心配することはないと言いながら、幸紀自身、心もとなかった。

敦誉が「宿下がりを許す」と言い、今も麗景殿に赴いているのは、敦誉は幸紀ともう、顔を合わせたくないからではないのか。

昨夜、塗籠でされたことと、今朝の二人のやりとりと、この突然の宿下がりが関係ないわけがなかった。敦誉の想いを拒んだ自分など、敦誉はもう顔も見たくないのだろうか。

幸紀はしばらくその場から動けずにいた。


時ならぬ幸紀の帰宅に、父の忠親は出仕を終えて、飛んで帰ってきた。

「いかがした！　殿下のご不興を買いでもしたか！」

父は挨拶もそこそこに、身を乗り出してきた。

敦誉が最初に言ったとおり、歴代の帝の中には気に入りの公家の若者を内裏に長逗留させた逸話を持つ者もあり、男の身で内裏に暮らすのがそれほど異例というわけではなかったらしい。とはいえ、同じ殿舎の中の棟ちがいさえ我慢ならずに、幸紀の曹司を母屋の廂に移動させ、実家に帰すのもいやがった敦誉の執着はやはり特別だったようだ。

「あれほどそなたを手近に置いておきたがっていらした殿下が……宿下がりをお許しになるとは……」

「……はい……一度、実家でゆっくり過ごしたいと、申し上げておりましたところ……」

本当はちがう。

好きだと告げられ、それを受け入れられないと拒否したら、宿下がりを命じられたのだ。だが、父相手であっても、そんな内々の事情を明かすわけにはいかない。

「そうか。確かに。比叡から戻って以来の内裏勤め。そなたも骨休めをしたかったか」

「は……」

「そうか、うむ。それで、御所にはいつ戻る」

来たばかりで、もう戻ることを言いだされる。

「はい……敦誉さまより、しばらく、とお言葉をいただいております。数日、様子を見て、お文でも差し上げようかと思っております」

「戻ることは戻るのだな?」

執拗に念を押されるが、幸紀自身にも、ふたたび昭陽舎で敦誉のそば近く、仕えることができるのかどうか、わからない。

敦誉の気持ちを受け入れられなかった幸紀に敦誉が絶望して、二度と顔を見たくないと思っているのか、それとも、一時のことなのか。

満月の夜の秘密もある。もう二度と目通りがかなわないということはないだろうと思うけれど……。本当にもう一度、敦誉は幸紀がそば近く仕えることを許してくれるのかどうか、考えると炭火を肌に近づけられた時のように胸がちりちりと焦げた。

御所から下がってからずっと、幸紀はその不安にさいなまれている。

ぱちん。

忠親が扇で己の膝を叩いた。幸紀ははっと顔を上げる。

「直截に聞く。殿下には誰か、想う姫君でもできたのか」

「……いえ……」

まさかここで、敦誉の想い人は自分だなどと言えるわけもない。だが、幸紀の視線が揺れたのを、父は見逃してはくれなかった。

「本当か。殿下には通う姫君でもできて、それでそなたがヒマを出されたのではないのか」

「いえ、本当にそのようなことは……」

「ならよいが……」

忠親は今度は開いた扇をぱちりと閉じた。

「よいか、幸紀」

「は」

重々しさを帯びた父の声に、幸紀は居住まいを正す。

「そなたも内々に聞き及んでいることと思うが、主上は疫病の熱が下がられたあとも、お加減悪く、いまだに快復なされぬ」

「は。存じております」

「東宮は芳寿丸さまを残してご薨去され、次の東宮は芳寿丸さまが立たれるのか、それとも敦誉さまが立たれるのか、主上のお心の内は明らかにされておらぬ」

「は」

「存じておるな？　亡き東宮の后は右大臣家の一の姫。右大臣の橘家はなんとか芳寿丸さまを東宮にと、あちらこちらへと根回しに余念がない」

兼忠から、ぼかした言い方で、兼忠の父の狙うところは聞いていた。だが、逆に嵐の中心にいたせいか、そこまで生々しい話は幸紀には聞こえてこなかった。

「そなたにがんばってもらわねばならぬのだ」

父の声に、さらに力がこもった。身を乗り出される。

「殿下のおそばにいて、どんな動きがあるか、主上はどういうおつもりなのか、いち早く、そなたは知ることができる立場におる。また、めでたくも主上がご快復なされたあかつきには、敦誉さまがいかに次の帝にふさわしいか、そなたには主上に奏上できる機があるやもしれぬのだ」

「……は……」

そんな差し出がましいことができるだろうか。だが、内心の疑問は殺して、幸紀はうなずいた。

「よいか。こたびの宿下がりは殿下の温情ゆえとはいえ、それに甘えることなく、一日も早く、殿下のもとに戻るのだぞ」

「………」

すぐには返事ができなかった。そうできたら、どんなにいいか……。

「よいか」

強い声で返事をうながされた。

「はい……心得ましてございます……」

幸紀は内心の不安を押し殺して、父に向かい、低く頭を下げた。


都に戻る時も「それほど都で暮らしたいならば、幸紀一人で行くがいい」と言われ、局を賜るのに難色を示した時にも「御所を出たいなら出ろ」と言われた。

そういうことを言われるたびに、もう昔のように慕ってはくれないのか、本当に自分などいなくてもよいのかと寂しくなったが、今から思えば、敦誉はどちらの時も本気ではなかった。しかし、今回の宿下がりはちがう。

敦誉がもうずっとどんな想いをいだいていたのか、なにをしたかったのか、如実に知らしめられたあと、それを拒んだ。后を迎えてほしいと告げた。

もしかしたら、敦誉は今度こそ本当に、そんな幸紀などいらぬと思ったのではないか。二度と戻さぬ覚悟で、宿下がりをさせたのではないのか。

胸が焼け、腹の内に錐《きり》を突き立てられるような二日をなんとか過ごし、幸紀はもうそれ以上の我慢がならずに、敦誉へあてて文を書いた。

まずは形式どおり、宿下がりを許してもらったことへの感謝をつづり、自分が急に下がったことで不便はないかと敦誉をおもんぱかり、早めに御所に戻るつもりだと書いた。

文のやりとりは男女のあいだに限らず、こまめで、早いことがよしとされている。文を持ってきた使いの者を待たせておいて、返事をしたためてすぐに持たせるというのも普通のことだ。

しかし、文を持たせた春実は手ぶらで戻ってきた。浮かぬ顔を見れば聞くまでもなかったが、軀に痛みがある時にどこに痛みの核があるのか確かめずにいられぬ人のように、幸紀は「どうであった」と春実を問い詰めた。「敦誉さまにじかに文をお渡ししたのか。敦誉さまはどのようなご様子で文をお受け取りになった」と。

矢継ぎ早の問いに、春実は困ったようにまばたきを繰り返した。

「は……東のお庭から、文をお渡ししようと声をかけましたところ、女房が出てまいりまして……これは幸紀さまからのお文であることをもう一度告げて、やっと敦誉さまが簀子まで出ていらっしゃったのですが……」

では、敦誉は自分からの文だとわかっていて、すぐには簀子に出てきてはくれなかったのか。胸元に冷たい手を差し入れられたような、ひやりとしたいやなものが胸をかすめていく。

「文は確かに受け取った、と……」

春実が語尾をぼかしてうつむく。

では敦誉は、幸紀がどんな様子なのか、春実に尋ねることもなかったのか。返事など、望むべくもなかったということか。

「……そうか」

敦誉の反応を知って、この数日の不安がさらに膨れ上がる。

幼い頃のように始終べったりしていたわけではなかったが、それでも、敦誉は幸紀がそばを離れるのをいやがっていた。着替えも湯あみもいつも幸紀にしか手伝わせなかった。

それなのに……。春の風に吹かれている時にいきなりみぞれまじりの寒風が吹きつけてきたら、こんな感じだろうか。突然の冷たさが胸に痛い。

もしかしたら、もう本当に、敦誉は幸紀の顔など見たくないと思っているのだろうか。長年の想いを受け入れなかった自分など、敦誉はもう、いらないのだろうか。

「幸紀さま……」

拳を握り締め、唇を噛んでうつむく主に、春実が心配そうに声をかけてくる。

幸紀ははっと顔を上げた。春実ときよの眉が曇っている。いけない。幸紀はあえてなんでもないふうを装って笑顔を作った。

「そうか。ご苦労だった。それで……敦誉さまにはお変わりはなかったか」

敦誉が元気ならばそれでいい。そう思って尋ねると、

「はい……いえ……」

と、春実は口ごもった。

「はいといえ、どちらなのだ」

おかしくもないのに、幸紀はふざけた口調で言って笑ってみせた。

「……敦誉さまは、お元気そうではありましたが……その、とても冷たいお顔をなさっていて……」

「冷たい顔……」

きよも春実も、幸紀が比叡に赴いた九歳の時からずっとついてくれている家人だ。二人

とも藤原家の家人だが、敦誉にとっても幼い頃からずっと身近にいる、信用できる召使いのはずだった。その春実に対して、敦誉が冷たい顔を見せたというのか。

きよや春実によそよそしく冷たい態度をとる敦誉が想像できない。

「……お元気、そうで、あられたなら……よかった。うん、よかった」

自分を納得させるように繰り返して、幸紀はうなずいた。

春実の報告で、うすうす予想はしていたが、次の日になっても敦誉から文の返事は来なかった。

文をもらったら、すぐに返す。それは公家のたしなみだ。

都に戻るにあたってその大切さは敦誉にも繰り返し教えたし、実際に御所に入った敦誉は宴への誘いや臨席の礼状などにすぐに返事をしたためていた。

特に今回の幸紀の文は、敦誉の様子をうかがう一文を入れ、さらに早めに戻ろうと思うと今後の予定にも言及している。普通なら、早く戻ってきてほしいのか、それともゆっくりしてきていいのか、返事をするべきところだ。

その返事がないということは……。

「もう戻らなくてもいいというのか……?」

まさかとは思いながらも、不安に押し潰《つぶ》されそうだった。

これまで、幸紀が都に戻る年に数回をのぞいて、十五年あまりもともに過ごしたのだ。

子供の頃は幸紀がいなくなる数日が我慢ならず、大泣きしていた。長じてからも、出立の日が近づくにつれて不機嫌になっていた。それなのに……もう戻ってこなくていいと思っているなどと、本当にそんなことがあるだろうか。

しかし――。

敦誉の想いを受け入れなかった。

男が女を想うようにおまえを好きだという敦誉を、后を迎え子をなしてほしいと拒んだ。

その時の敦誉の傷ついた様子。

幸紀はこれまで恋というものをしたことがない。

文をくれた姫たちに「自分はつまらない男ですから」と返事をしてきたが、つきあい、深い仲になった相手をふったこともなければ、想いを寄せた相手にふられたこともない。

だから、わからなかった。

自分の想いを拒んだ相手に、人はどんな気持ちを持つのだろう。いくら愛しい相手でも、いや、愛しいからこそ、拒まれると「もう顔も見たくない」という気持ちにまでなってしまうのだろうか。

「っ……」

敦誉はもう、幸紀に近くにいてほしいとは望んでくれないかもしれないと思った瞬間に、胸にツキンと鋭い痛みが走った。

灯火のもとから突然、暗闇に入ると、一瞬、真っ暗でなにも見えなくなる。足元さえおぼつかなくて、右も左もわからなくなる、とても心細い数瞬。もう敦誉のそば近く仕えることができなくなるかもしれないと思った時に、幸紀が感じた寄る辺ない不安はその心細さに似ていた。

幸紀はどうすればいいのか、わからなかった。

兼忠に、嵯峨野《さがの》の別邸に誘われたのは、幸紀が二度目の文を敦誉に出そうかどうしようか、悶々《もんもん》としていたある日のことだった。

八重桜が満開だから一緒に花見をしないかと文が来た。気は進まなかったが、ことわれば兼忠は屋敷にまで様子を見に来るにちがいなかった。

馬に乗って兼忠と轡《くつわ》を並べ、都から嵯峨野へと走った。久しぶりの遠乗りに少しだけ気が晴れたが、鬱々とした気分は隠しきれるものではなかったらしい。

「どうした。どうにも元気がないな」

嵯峨野の別邸に着き、簀子から見事な咲きっぷりをみせている八重桜の紅色を眺めているところで、そう尋ねられた。

「そ、そうか？」

「宿下がりと聞いたが、敦誉さまのもとに戻らなくていいのか」

いきなり核心に踏み込まれる。

「……………」

なんと答えたものか。正直に、「早めに戻ると文を差し上げたのだが、返事が来ない」と言えばいいのかもしれなかったが、それを口にするのはつらかった。

「いつまでに戻れと言われていないということか」

黙っていると、図星を突かれる。

「うん……」

小さくうなずくと、兼忠はうーんと唸った。家人の宗光《むねみつ》が用意してくれた折敷から盃《さかずき》を取る。

「ではやはり、敦誉さまが先の満月の晩、塗籠に女人を連れ込んでいたというのは本当なのか」

あの晩、昭陽舎の塗籠に強引に入ってきたのは兼忠の異母弟だ。

「……兼貞殿に聞いたのか」

逆に問い返すと、ならよかったのだが、と兼忠が眉を寄せる。

「父からだ。相手はどちらの女君か、おまえから聞き出せとせっつかれた」

「父君から……」

「こちらはえらい騒ぎになっているんだ。これまでおまえにしか興味がなかった若君が、いよいよ女人に興味を持ちだしたかとな」

「わたしにしか興味がって……」

「そうだろう。比叡から連れてきて、夜も昼もそばから離さず……まあ、包み隠さず言えば、敦誉さまは女人をお好きになれないのではないか、あの藤原の二の君はそういうお相手なのではないかと噂する者もあったわけだ」

少し前なら、すぐに「なにを馬鹿なことを」と笑い飛ばせた。だが、今の幸紀には兼忠の言葉を笑うことはできなかった。

あの満月の夜――狼の姿になった敦誉は男女のまぐわいと同じように幸紀を愛でた。その上、長い舌で幸紀の唇を、口の中を舐め、濡れた鼻を押しつけて全身を甘く噛んだ。幸紀の雄根を口中深く咥え込み、優しく歯を立てて舐め回して……。

「……真っ赤になられると、こちらが困るのだが」

ぼそりと言われて、顔の熱さを自覚した。とたんに、顔はさらに熱くなる。

「いやっ！　いや！　ち、ちがうぞ、これは……これは、その……」

「言い訳はよいわ」

「言い訳ではない！　本当に……そんな、わたしと敦誉さまは、そんな仲ではなくて……」

「そうか。では塗籠にいたのはどちらの姫だ」

「………」

「塗籠の中は几帳の中にしか灯台がなかったそうだな。色っぽい声ならば、男と女を聞きまちがえることもあろう」

兼忠にはばれている。幸紀は観念した。しかし、誤解は解かねばならない。

「いや、でも、本当に、わたしと敦誉さまはそんな仲ではないのだ！　わたしも敦誉さまも男だし……」

「寺などでは、修行中の若い僧が女人の代わりに高位の僧の夜伽《よとぎ》を務めると聞く。古今の物語にも男が男を愛でる話がある。俺はそういう関係もあるものだと思っているぞ」

「いや……本当にわたしと敦誉さまは……」

兼忠は「理解がある」と味方をしてくれるつもりのようだが、ちがうものはちがう。

「俺にまでしらばっくれるな。女房どものあいだでも噂になっている。比叡の若君は夜、人払いして東宮坊の次官殿と二人きりになり、褥で過ごす、とな」

「それは！」

そんな噂になっていることに驚いて、幸紀は腰を浮かしかけた。

「それは、そういう、おかしなことのためではない！　敦誉さまはことのほか雷がお嫌いでその音に怯えられるのだ。耳がとてもよくていらっしゃるから、わたしたちとは聞こえ方がちがうから、そのせいで遠くの雷でも恐ろしがって……」

「なるほど。雷か。よい言い訳だ」

「い、言い訳ではない！　本当に敦誉さまは雷が苦手で、それでわたしを……」

脚のあいだに抱えられ、頬をすり寄せられるから、わたしは腕を上げて、耳を押さえて差し上げるのだ。

言いかけて、さすがの幸紀もそれが人には異様に見えるだろうことに気づく。

「わたしを？　どうするのだ」

兼忠が追究してくる。

「……わたしを……その、おそばに置いておきたがられるのだ。それだけだ」

「ふーん」

顔がますます熱いのに、兼忠は面白そうに目を光らせて、その顔をのぞき込んできた。

「毎夜のように、と聞いたぞ？　この季節、そんなに雷が鳴ると、おまえは本当に思っているのか」

それは幸紀もおかしいと思っていたことだった。

比叡よりも都は雷がよく鳴るのかと。敦誉自身も、「比叡と京は近い」と言っていた。

比叡の天候の見立てが都にも当てはまるのに、雷だけがちがうのはおかしいだろう。

「おまえは本当に鈍いなあ」

やれやれと兼忠が首を振る。

「敦誉さまもお気の毒に」

「なぜ……なにがお気の毒なのだ」

「想いが伝わっておらんだろう。俺にまで焼きもちを焼いておられたほどなのに、おまえときたら、夜ごとおそばに侍るのも雷が怖いせいだと本気で思っているのだから。恋する者としては気の毒でしかない」

「こ……恋なぞと……」

顔どころか軀全体が火照りだす。

「ふむ。おまえもまんざらでもないのか。それ、そこまで真っ赤だ」

盃を持った手で、首元を指差される。

「な……だ……あ、赤くなるのは、こ、こういう話に慣れておらぬからだ！　だ、だいたい、わたしと敦誉さまで、そのような……」

「悪い取り合わせではないと思うが」

しれっと言われて、幸紀の狼狽《ろうばい》はさらにひどくなる。

「敦誉さまは恐れ多くも帝の御子！　しかもこれまでのように比叡の鄙で暮らされていた時とはわけがちがう！　明日にも東宮に立たれるかもしれぬお立場の方とわたしがどうこうなぞと……」

「おまえは本当に固いなあ」

呆れたように笑われた。

「よいか。身分ちがいの恋なぞ、世には掃いて捨てるほどあるぞ。大納言の姫君がいやしい下人と想いを通じて出奔したたとえもあれば、親王が飯炊きの女房に懸想して側室にしたりなぞ、普通にあることだ。おまえと敦誉さまなら、それほどの身分差はないのだから、そう卑下することはない」

「身分……身分が問題ではないとしても、そもそも男同士だ！　わたしが側室になるわけにはいかぬ！」

「表向きには、おまえは親王のお気に入りの側近ということになろうが、おまえがそれに不服でなければ問題なかろう？　それともおまえは正式に入内《じゅだい》して、女御やら更衣やらの位がほしいのか？」

兼忠が面白そうに笑って上目遣いに顔をのぞき込んできた。

「からかうでない！」

幸紀は叫んだ。

「誰が、そんな……后妃の位などほしいわけがないだろう！」

「では、なんの問題もないな。敦誉さまのご寵愛を受ければよい」

いや、問題だらけだ。

敦誉の寵愛を受ける——敦誉にあんなふうに口をしゃぶられたり、全身を甘噛みされたり、雄根を可愛がられたりするのが当たり前になる……。

ただでさえ熱かった軀がさらに火照った。顔など炭火ほどにも熱い。

「な、ないぞ！　そ、そそそ、そのような、そんな、ご、ご寵愛をなどと……」

「そのようにあわてずとも」

兼忠は笑いながら、みずからの盃に瓶子《へいじ》から酒を注《つ》いだ。

「真面目な話、敦誉さまがおまえを気に入り、おそばにお置きになるのは我ら右大臣派としても悪い話ではないのだ。それならば東宮に立ってもらってもかまわぬと考えている」

どういうことだ？　兼忠の話があまりに意外で、顔の熱さがすっと引いた。

皇子が子も産めぬ同じ男を気に入って、なぜ東宮に立ってもよいとなるのか。

「ご薨去なされた東宮の若君はいまだ乳飲み子。その後見に誰がつくか、我が父に人徳がないゆえ、揉めておる。このまま敦誉さまが東宮に立たれ、子をなさぬまま、芳寿丸さまが成人されたあかつきに譲位なされるのが、我が右大臣家としても一番波風が立たぬのだ」

「……なるほどな……」

そういう考え方もあるのかと驚くが、確かに、敦誉に子が産まれれば、次の帝位を誰が継ぐのか、揉める種になるだろう。男同士ならば、若君が成人するまでの繋ぎとして、安心してまかせられるということか。

「だからおまえは安心して、敦誉さまの求愛に応《こた》えるがいい」

「きゅう……！」

おかしな声が出てしまい、兼忠におかしそうに肩を揺らして笑われた。


敦誉からはいつ戻れと使いも来ぬまま、日が過ぎた。こんなに長く敦誉と離れているのは初めてだ。

「敦誉さま……」

館で所在なく過ごし、簀子から庭を眺めては、一人ひっそりと名を呼ぶ。胸の奥が疼く。

兼忠は幸紀が敦誉を受け入れさえすれば、すべてが丸くおさまるような言い方をしていたけれど、敦誉からはなんの音沙汰もないままだ。

真摯に想いを告げられたのに、手ひどく拒んだ。そんな自分に、もう敦誉は会いたくないのだろうか。……いつまで？　もしかしたら、もう二度とおそばに戻れないのだろうか。

「まさか」

思わず声が漏れた。

まさか、まさか。もう敦誉に会えないかもしれない？

そう考えただけで、全身から血の気が引いて、手足が冷えた。

敦誉の凜とした面差しが脳裏に浮かぶ。こうと決めたことはやり抜く、意思の強い人だと知っている。

もし——もう幸紀などいらぬと思し召されていたら……。

たまらず幸紀は立ち上がった。

文の返事は来ない。けれど、このままでいてはいけないような気がした。

戻ろう。御所に。敦誉のもとに。

「でも……」

自分から敦誉のもとに戻ったら、敦誉は幸紀が敦誉の想いを受け入れる心になったのだと思うかもしれない。覚悟を決めたからこそ、戻ったのだと。

「あ」

はっと思いいたる。

文の返事がこないのは、そういうことかと。

敦誉は幸紀の心次第だと言っているのでは、と。

心が決まらなければ、戻ってくることはないと……。

どうしよう。

心が、風に舞う木の葉のようにくるくると回るようだった。敦誉にこのまま会えぬなどありえない、今すぐ戻ろうと思う心と、敦誉の想いを受け入れる覚悟もなく、戻ることはかなわぬぞと戒める心がせめぎ合う。

敦誉を受け入れる――それは狼の姿で敦誉にされたことを、人の姿の敦誉にもされるということだ。

男が女を恋うるように好きなのだと敦誉は言った。伴侶として番いたい、とも。

その気持ちを受け入れるということは……寵愛を受けるということは……。

相愛の男女のように寄り添うということか。夜ごと、褥に侍るということか。

考えるだけで、勝手に顔が熱くなってしまう。胸の鼓動も速くなって、幸紀はあわてて首を振った。

ありえない。でも……。

幸紀はまた簀子に座り、そしてまた立ち上がった。迷う気持ちがひとところに落ち着かせてくれないせいだ。

「幸紀！」

父が血相を変えて幸紀の部屋に駆け込んできたのは、幸紀がそうして立ったり座ったりを繰り返していた時だった。

「父上？」

「敦誉さまが……」

忠親は息を切らせながら叫ぶ。

「敦誉さまが主上を呪っていたこと、おまえは知っていたのか！」

「は？　なにを仰せです……？」

幸紀はぽかんとして父を見上げた。烏帽子が盛大に曲がっているが、取り乱している父はそれにも気づかぬらしい。

「敦誉さまが呪術を使われることは！」

「呪術？　敦誉さまが？　いったい、どのようなお話ですか」

わけがわからない。

「おまえはなにも知らぬのだな？」

「敦誉さまが主上を呪っていただの、呪術だの、父上はなにをおっしゃっておいでなのです？」

幸紀が本当になにもわかっていないのがわかったのだろう、忠親は深い溜息とともに、その場にどかりと腰を下ろした。

「先日おまえは、今年の梅雨や夏場の天候がどうなるか、敦誉さまが見立てた、それを民に知らせて、日照りに備えさせてほしいとわしに頼んできたな？」

「はい、そのようにお願い申し上げました。比叡の村では毎年、敦誉さまの見立てが当たることから、とても喜ばれておりましたので」

「一つの村ぐらいならば、当たってもはずれてもどうでもよいが」

忠親は苦虫を噛み潰したような渋面で続ける。

「公から、今年はこうなる、こう備えよと触れを出すには、それなりにしかるべき役所を通さねばならん。主上御みずからの勅命となれば話は別だが、それであっても勅命を出すにあたっては重臣たちを集め、詮議を経てからでなければ」

父の言葉に、幸紀は自分がどれほどことをかんたんに考えていたか、気づかされる。

天候の見立てがあれば、田畑の作物に害がないように備えることができ、民が喜ぶとしか、思っていなかった。誰がどういう触れを出すのか、政の基本ともいうべきことを考えていなかった。左大臣である父に伝えればよしなにはからってくれるだろうというのは、浅はかな考えだったのか。

「しかし、おまえが言うように本当に敦誉さまの見立てがそれほど当たるならと、わしは陰陽寮《おんみようりよう》の頭にはかってみたのだ」

父は父なりに、筋を通して敦誉の見立てが役立つようにしてくれたらしい。

「これがまずかった」

「敦誉さまのお見立てが陰陽寮の見立てとちがっていたのでございますか」

「逆だ。当たっていたのだ」

なら、なにがまずかったのか。

「陰陽寮でも今年の夏の見立ては出たばかり……まだ中務省《なかつかさしょう》にも報告がなく、わしのところにも知らされてはおらなんだ。それをどうして、どうやってとな、陰陽寮で騒ぎになってしまったらしい。それを右大臣の橘氏どもが聞きつけ、出どころが敦誉さまというのでさらに騒ぎが大きくなり、ついには、敦誉さまは呪術を使うのではないかと……」

「そんな……敦誉さまが天候を見立てるのは怪しい呪術などではありません！」

「陰陽寮での騒ぎがわしの耳に届いた時には遅かった。昨年の疫病も、主上が臥せったままでおられるのも、都から遠ざけられていた皇子の恨みではないかと噂が立ってしまった」

「そ、そのような根も葉もない噂……」

「噂というのは根も葉もないものだ。しかし人は噂が立てば、火のないところに煙が立たぬように、まったくなんの根拠もないのにそんな話が出るはずはないと考える」

「敦誉さまは都から遠ざけられていたことを恨んでなどいらっしゃいません！　呪術など使えもしないし、天候の見立ては本当に民のためになればとそれだけで……！」

「では陰陽寮の見立てとまったく同じ見立てをどうやって立てた」

父から鋭く切り込まれる。

「それは……それは、敦誉さまは鼻が人よりよくききますし、雪解け水の量を見たり、風や空、木々の葉や草の芽吹きをご覧になって、それで……」

「なるほど、感覚を研ぎ澄まし、冬から春へと移り変わるさまを見て、来る夏がどんなものか推しはかるのか。もちろん、勘もよくていらっしゃるのだろう。だが、それを人にどうやって納得させる。陰陽師の使う式神を敦誉さまが使ったのではないか、占者でもないのに占いをよくするのではないかと、みな、疑う」

「式神などと……」

幸紀は力なく首を振った。父はわかってくれている。しかし、それだけに、一度疑いを持った者たちにどう説明すればよいのか、やましいところなどないと証《あか》し立てるのがむずかしいのだと伝わってくる。

「疫病がはやり、主上はどれほど加持祈禱や弦打ちをおこなおうと、薬師のくすりを召されようと、快復されぬ。恨みから呪われたのだと、みな、思いたいのだ」

そこで忠親は厳しく寄せた眉の下から、幸紀を見た。

「――わしもだ。おまえの様子を見れば、おまえがなにも知らぬのはわかる。だが、おまえにさえ隠れて、敦誉さまが主上を苦しめようと怪しい力を使っているのではないかと、疑いを捨てきれぬ」

「父上！」

たまらず幸紀は膝を進めた。

「敦誉さまはそんな方ではありません！　都に戻ってきたのもわたくしが勧めたからで、

本当は敦誉さまは鄙でずっと静かに暮らしたいとお望みだったのです！　そんな、主上を恨んでなどと……」

「落ち着け、幸紀。狼の耳と尾をつけながら、あれほどの貴公子ぶりだ。逆にあやかしの力を借りているのではないかと噂されてもいたし方あるまい」

憤りもあまりに大きすぎると、逆に、気力も胆力も尽きてしまうのかもしれない。

幸紀はがっくりと倒れ込みそうになって、床に手をついた。

「……なにを……なにを……敦誉さまは……ただ、ひたすらに……」

幸紀に褒められたくて、がんばってきただけだ。あやかしの力などではない。

「敦誉さまには今、陰陽寮にお越し願って、お話を聞かせていただいている」

「……え……？」

床に倒れ伏してしまいそうなのを腕で支え、幸紀は顔を上げた。今、父はなんと？

「わしも焼きが回ったようだ。おまえも聞いておろう。唐から高い功徳を積まれた高僧が招かれたのを」

幸紀は「はい」とうなずいた。疫病退散と民の安寧を仏の慈悲にてかなえてもらおうと、唐から栄佑《えいゆう》という僧が、年のはじめに招かれたとは聞いている。

「陰陽寮の陰陽師たちは栄佑殿がいらしたのを面白くなく思っていたらしい。特に陰陽頭《おんみょうのかみ》殿はな。そこに橘殿が近づいていたのを、わしは気づいておらなんだ」

忠親は苦々しげに顔をしかめた。

「陰陽頭殿と右大臣が近づいているのを知らぬまま、わしは敦誉さまの見立ての話を持っていってしまったのだ。そこで一気に敦誉さまが怪しいのではないかと……騒がれてしまったわけだ」

「敦誉様のいったいなにが怪しいとおっしゃるのですか！　敦誉さまに、いったいなんの話を聞くと陰陽寮は……」

「疫病がなぜはやったか、主上がなぜいつまでも臥せっているか、じかに確かめると、陰陽頭殿は申されていた。橘殿が立ち会うているはずだ」

「ち、父上は、父上はお立ち会いにならないのですか？」

せめてその場に父がいてくれたら。そう思い、尋ねたが、父は首を横に振った。

「いろいろ思惑もある。わしがすぐ動けば大ごとになってしまう」

その返事を聞いて、それまで今にも倒れ込みそうに力の入らなかった軀が勝手に動いた。

幸紀はすっくと立ち上がる。

「幸紀？」

「陰陽寮に参ります！　父上、馬を借ります！」

「待て、幸紀！　敦誉さまには謀反の疑いまでかけられているのだ。今、おまえが行ったところで……」

た。

「謀反などと！　ならばなおさら、わたくしは行かねばなりません」

決然と言い、幸紀は父への礼儀も忘れて「馬の用意を！」と叫びながら、階を駆け下りた。

藤原家は三条《さんじょう》にある。そこから大内裏の侍賢門《たいけんもん》を目指して半里ほどの道を、幸紀は馬で駆けた。

いわゆる御所というのは紫宸殿《ししんでん》を正殿として、帝が生活する清涼殿《せいりょうでん》のほか、后妃たちが住まう殿舎が連なる内裏を指す。その内裏をほぼ中央に置いて、築地の大垣と十四の門で囲われてあるのが大内裏だ。そこには二官八省の役所の入る殿舎が建ち並び、国家大礼の場である大極殿《だいごくでん》や宴のおこなわれる豊楽院《ぶらくいん》などがある。内裏が帝の住居と後宮という私的な場であるのに対し、大内裏は国政をになう政の場だった。

敦誉が連れていかれた陰陽寮は、内裏と向き合う位置の中務省の中にある。

その中務省に一番近い門である侍賢門で馬を下り、幸紀は陰陽寮へとさらに走った。

南面する正面の階に駆け寄り、大声で案内を請う。

「左大臣藤原忠親が子、藤原幸紀でございます！　東宮坊次官を務めております！　我が主、敦誉親王殿下がこちらにおいでのはず！　お取り次ぎを願います！」

妻戸が開いて直衣姿の官吏たちが出てきた。

「なんの騒ぎかと思いますれば……どうなされました」

ゆったりと尋ねられるのに、苛立《いらだ》ちをおぼえつつ、

「東宮坊次官、藤原幸紀と申します。主、敦誉親王殿下がこちらにおみえのはず。急ぎ、お取り次ぎ願いたい」

と繰り返す。

「藤原殿。今、上にうかがって参ります。しばし、こちらでお待ちくださいませ」

簀子に上げられ、円座を与えられたが、ゆっくりと座して待つ気になどなれなかった。

「陰陽頭殿はどちらにいらっしゃいますか。じかにお目にかかり、我が主の処遇についてお尋ねしたいのですが」

上の者に聞くと言われても、主典《さかん》あたりを連れてこられては埒《らち》が明かない。時間が惜しくて、幸紀は強く出た。

敦誉は耳がいい。案内を請う幸紀の声が届いていれば、そして、自由がきく状態ならば、みずから出てきてくれるはずだった。

「とにかく、こちらでお待ちくださいませ」

「では、上の方のところへわたくしをお連れくださいませ。我が主の無事を確かめねば、落ち着いて待ってなどいられません」

その時、廂と簀子をへだてる御簾が揺れた。

「主を思うはご立派なことです」

中から現れたのは純白の狩衣姿の男だった。大内裏での勤めは直衣が基本だ。位があるにもかかわらず狩衣が許されているのは陰陽師だけだ。

「わたくしは陰陽助《おんみようのすけ》を務めます賀茂清平《かものきよひら》と申します。藤原幸紀殿、ちょうどよいところにおいでくださいました。藤原殿にもお尋ねせねばならぬことがあり、使いの者を左大臣家に遣わそうとしていたところでした」

賀茂はにこにことしているが、目が笑っていない。冷たい風が彼から漂ってくるようで、幸紀は思わず一歩、後ろへと下がった。と、腕を両側から押さえられる。

いつの間にか、やはり純白の狩衣をまとった陰陽師たちに両側に立たれていた。

「どうぞ、こちらへ」

御簾の内側へと手招かれる。

拒む術《すべ》はないようだった。

通された室内は服喪でもしているかのように、几帳も御簾も鈍色だった。道具類も漆黒く塗られたものばかりだ。陰鬱で圧迫感のある部屋の空気に逃げ出したくなったが、まずは敦誉の安否を確かめねばならない。幸紀は腹の底に力を入れた。

「お座りください」

円座を示され、賀茂と向かい合って座った。やはり両側は挟まれている。

「賀茂殿。一つ、お尋ねしたい。我が主、敦誉親王殿下はご無事でしょうか」

「殿下には今、いくつかお教え願わねばならぬことがありまして、頭がお話をさせていただいております」

「会わせていただくことはできませんか」

「それはなりませぬ」

「なぜ」

その問いには答えず、賀茂は部屋の隅に控えていた下人に手を振った。下人が立ち上がり、賀茂の背後にある厨子棚から、小さな布の包みを二つ、取ってくる。

一つは紫色の絹に包まれ、一つは茶渋色の質素な布にくるまれていた。

賀茂はまず、紫色の包みを開いた。

「見おぼえがありますか」

数十本の木の枝がそこにあった。

「それは……」

比叡の館の裏手にはえる、珍しい低木の枝だった。香りがあることと、樹皮の色合いが独特なことから、幼い頃から、敦誉の日々の様子を伝える文に添えていたものだ。

「では、こちらは？」

今度は茶渋色の布が開かれる。中身を見せられるまでもなく、その茶渋色の布にも幸紀は見おぼえがあった。

九歳で幸紀が比叡の館に入ってから、月に一度、「敦誉さまのご様子をお知らせくださ い」と男が文を取りに来るようになった。都に戻ってからもその男が同じように文を頼みに来るかどうかわからなかったが、もしもまた、男が来たら使おうと思い、枝を折ってその布にくるみ、比叡を出る時に持ってきた。

昭陽舎の局の、文机の脇に置いた硯箱《すずりばこ》の中にしまってあったはずだ。それがここにあるということは、留守にしているあいだに勝手に私物をさばかれたということだ。

正直、気持ちがよいものではなかった。だが、問題はもっと大きく深刻そうだ。

幸紀はわざとらしくゆっくりと包みを開く賀茂の前で、ぎゅっと拳を握り締めた。

包みが開かれると、紫色の包みにあったのと同じ枝が出てくる。

「それはわたくしが文に添えていたものです」

尋ねられる前に、幸紀はみずから口を開いた。

「ほう。これが貴殿のものとお認めになりますか」

賀茂の目が光った。

「はい。確かにこの枝はわたくしがある方への文にいつも使っていたものです。ですが、わたくしはその文がどなたのもとに届くものか、知らされてはおりません」

「これはまた。誰に届くかわからぬ文を書いていたとおっしゃるか」

「敦誉さまの様子を知りたい方へ届けると言われました。どなたに届くかは存じませんでしたが、敦誉さまのことをお気にかけていらっしゃる方がいる、その方に敦誉さまが日々、どんなに勉学に励み、素晴らしく成長なさっているか、お伝えしたい一心で、文をしたためておりました」

本当のことだった。

「なるほど。そうおっしゃられると、真心から、悪心なく、文を差し上げていたように聞こえますが……実はどなたに届くものか、ご存じでいらしたのでは？　知っていて、恨みを込めて、文を送っていたのでは？」

「そんな……本当にわたくしは、どなたのもとに届く文か、存じませんでした。まして、恨みなぞ……」

賀茂は紫色の布のほうをもったいぶって指し示す。

「恐れ多くも、こちらの枝は主上の御枕辺にて見つかり申した」

やはり、と思った。

やはりそうか。文をいつも取りにくる男はなにも教えてくれなかったけれど。鄙にやった異形の我が子を案じて、父がその様子を知りたがっていたのか。

そうならばいいと、ずっと思っていた。

敦誉は父に見捨てられたような心持ちでいるが、父は父なりに、親として子を気にかけていたのだと、早く教えて差し上げたい――。

「この枝はあまりこのあたりでは見かけぬもの……毒が入っているのではないか、呪詛《じゅそ》に用いられるものではないかと、今、陰陽寮の総力をあげて調べているところです。万一、これが害をなすことがわかれば、謀反さえ疑われる。貴殿の身柄はしばらくこちらで預からせていただきます」

「え……」

謀反の疑いとはおだやかではない。しかも、使っていた枝に毒があったかもしれないなど……。

「わ、わたくしは主上を呪ってなどおりません！　謀反など、決して……！　まして枝に毒などと！　こ、こちらの茶の包みはわたくしの硯箱の中にあったはず。毒があるものを、そんな身近に置く者がありましょうか」

「しかし、主上がここしばらく、お加減がよろしくないのは事実」

それは枝のせいではないはずだ。だが、それを証し立てる術は幸紀にはない。

絶句した幸紀の背後に、賀茂が顎をしゃくった。

「失礼いたします」

陰陽師たちがやってきて、両腕を摑まれた。

「わ、わたくしは……！」

抗議しようにも、無理矢理、引き上げて立たされた。

「この枝にどれほどの害があるものか、調べがすむまで、おとなしくなさっていてくださ
い」

「あ、敦誉さまは！」

自分のことはいい。調べがつくまでどこかに閉じ込められるというなら、仕方ない。しかし、敦誉のことだけは……。

「敦誉さまは、どうなさいました！　ご無事でいらっしゃるのでしょうね⁉」

「お連れしろ」

冷酷に賀茂は命じ、敦誉の安否は答えてもらえぬまま、幸紀はその場から連れ去られたのだった。

四

罪人のように縄をかけられはしなかったが、廂に出たところで、より屈強な、腰に太刀《たち》を佩《は》いた武官に両腕を摑まれた。

「逃げもせぬし、抵抗もせぬ」

そう言ったが、腕は放してはもらえなかった。

連れていかれた車寄せにあったのは粗末な駕籠《かご》だった。逃げられぬように、周囲を竹で編んである駕籠は見るからに罪人を運ぶためのもので、幸紀は唇を嚙んだ。内側に帷がめぐらされ外から中がうかがえないようにしてあるのが、せめてもの情けらしい。

「父、藤原忠親に、わたしが捕らえられたことは知らされるのか」

父の威光を着てえらぶっていると思われるのがいやで、これまで幸紀は己の要求を通すために父の名を口にしたことはなかった。

だが、今度ばかりはことがことだ。

自分ばかりではなく、敦誉まで謀反の志ありと疑われていては、おとなしくしているだけというわけにはいかない。

「左大臣殿にはいずれ、しかるべき筋より、しかるべき知らせがまいりましょう」

そう言われてしまっては、もう仕方がなかった。

父が左大臣である立場を利用して、敦誉と自分への疑いを晴らしてくれるのを信じるしかない。けれど……父が右大臣の橘家のことを口にしていたのが気にかかった。もしかしたら、亡き東宮の忘れ形見を推す右大臣家は左大臣の失脚をもくろんでいるのではないか。古今、権力を狙う者がたくらみを尽くして政敵を追い落とす例は枚挙にいとまがない。海の向こうの唐の国では、毒を盛って、正当な世継ぎを廃することさえあると聞く。今、自分の身に起きていることも大きなたくらみのうちの一つだとすれば、父の権勢を当てにすることはできないかもしれない……。

よく揺れる駕籠でどこへとも知れず運ばれながら、幸紀はなにがあっても、取り乱し、みっともないところだけは見せるまいと、心に決める。

敦誉にはなんのやましいところもないのだ。皇位をほしがってもいなければ、帝を恨んでもいなかった。――そうだ。敦誉は父を恨んではいなかった。

幸紀は切なく、主の胸中を思う。

まだ十にも満たない頃、敦誉はよく幸紀に聞いてきた。「お父上はどんな方？」と。重臣の子として、幸紀は拝謁の栄を賜ったことが何度かあった。藤原の館に帝がお忍びで遊びに来られたこともあり、御所で開かれる節句の宴に連れていってもらったこともあった。だが、そうはいっても、幸紀自身も子供だった。「ご立派で、お優しそうな方でございました」程度のことしか、言えることはなかった。

それでも敦誉は何度も何度も、幸紀に同じことを尋ねてきた。そこには恨みはなく、ただただ、父を慕う子としての思いがあっただけだった。

敦誉は聡明な子供だった。

初めて会った時、幸紀の目から己の獣の耳を隠そうとし、ついで尻尾を押さえた小さな手を、幸紀は忘れることができない。

誰より、敦誉は父から離れて暮らさねばならないのが己の異形ゆえだと理解していた。理解しながらも、父に一目会いたいというのは、親を慕う子として当然の心だろう。

公家にとって、子供から大人へと切り替わる儀式はとても大事なものだ。女子なら裳着《もぎ》、男子なら元服を経て、髪形も、着るものも、そして立場も変わる。

今日から大人になる。その大切な儀式には、父に会えるかもしれない、御所での式がかなわぬまでも、比叡まで駆けつけてくれるかもしれない。口には出さなかったが、敦誉が指折り数えて元服の儀を待っていたのを幸紀は知っている。

幸紀自身は実家に戻って元服の儀を終えた。

角髪を結い、水干姿で出ていった幸紀が、烏帽子をかぶり、大人びた色合いの直衣を着て館に戻った時、敦誉は目を丸くした。別人のように見えたのだろう、いつものようにすぐに飛びついてくることもなく、しばらくはもじもじと物陰から幸紀の様子を見ていた。

そんな敦誉に、幸紀は元服の儀の様子を請われるままに話して聞かせた。

目を輝かせて幸紀の話を聞いていた敦誉は、

「おれも元服の儀をしてもらえるのかな」

と恥ずかしそうに聞いてきた。

「もちろんでございます。敦誉さまは帝の御子。それは盛大な式となりましょう」

「盛大な式でなくてもいいけど……父上は来てくださるだろうか」

敦誉より四歳年上だったとはいえ、当時まだ幸紀は十五歳だった。

物知らずだったのは否めない。

「はい！　我が子の元服ですから！　主上もきっといらしてくださりましょう」

無責任にそう答えてしまったのを、幸紀は今も後悔している。

敦誉は元服にも御所に呼ばれなかった。式は比叡山法隆寺の本堂で重々しくとりおこなわれたが、そこに帝の姿はないままだった。

以来、敦誉は父のことを幸紀に尋ねてこなくなった。会いたいとも口にしない。

「幸紀さえいてくれればいい」

口癖のように敦誉は言うが、幸紀はその言葉を聞くたび、父に会いたくて会えなかった寂しい子供の影を感じてしまう。

しかし、それでも——敦誉は自分をかえりみない父を恨んではいなかった。呪う、などとんでもなかった。

敦誉はあきらめたのだ。父を。

父に対する敦誉の心がすべてわかるとはいえないが、とても冷えたものがそこにあるように、幸紀には感じられてならない。恨むとか呪うとかいうのは闇の感情だが、それでも思いは思いだ。元服を終えた敦誉は親に期待することもない代わりに、恨んだり怒ったりもしていない。あきらめには、熱も光もない代わりに、闇もない。

そのことをなんとか陰陽寮の人々にわかってもらいたいけれど……。

物思いにふけるうちに、駕籠が止まり、床に下ろされた。着いたらしい。

「藤原殿、着きました」

声をかけられ、外からしか開かない戸が開かれた。狭い駕籠から出ると節々がきしんだ。

「ここは……」

薄暗くて狭い、塗籠のような部屋だった。天井にも板が張られ、その天井近くに細く明かりとりが切られている。光はそこからだけ射していた。三方は漆喰《しっくい》で固められた壁になっており、一方にだけ、妻戸があった。常のものより細く、狭い。

陰気な部屋だったが、室内には一応、硯箱や書物、こまごました調度品を置いた厨子棚のほか、筵や衾、円座なども置いてあった。明かりはついていなかったが、灯台もある。

位の高い者が罪を犯すと、民が入る牢屋《ろうや》ではなく普通の部屋のように見える牢に閉じ込められると聞いたことがあったが、連れてこられたのはそういう座敷牢の類らしい。

「ここはどなたかのお屋敷ですか」

「それは申せません」

幸紀を連れてきた武官はにべもない。

「いつまでわたしはここで過ごさねばならないのですか」

「それがしにもわかりかねます」

「急にいなくなっては父が心配します。ここにいることだけでも伝えたいのですが」

「上の方の差配によります」

この様子ではなにを聞いても、要求しても無駄だろう。

「ではなにかありましたら、お呼びください」

「声は外に聞こえるのですか。人が外にいるのですか」

尋ねたが、武官はもうなにも答えず、まず駕籠と、駕籠をかついできた下人を先に、部屋から出ていった。妻戸が閉められると、ごとりと重い音がした。閂がかけられたらしい。

一人残された部屋で幸紀は胸を押さえて拳を握った。

「南無大菩薩《なむだいぼさつ》……」

菩薩を念じる。

そうとでもしていなければ、わめきだしてしまいそうだった。

どうしてこんなことに……。我が身に起きた急激な変化に、心がついていかない。

「取り乱すまい……みっともないところを見せるまい……」

ここに連れてこられる途中に、心を決めたはずなのに。

いざ、こんなところに閉じ込められると、これからどうなるのか、まさか殺されはするまいが……と、次々と不安が込み上げてきて、怖くなる。

「落ち着け」

声に出して自分に言い、深く長く息を吐いた。ゆっくりと吸う。

「……案じねばならぬのは、我が身ではない。敦誉さまだ」

「敦誉さまも、どれほど不安でいらっしゃるか」

己に言い聞かせるように、ぶつぶつとつぶやく。

陰陽助の賀茂は敦誉も陰陽頭に話を聞かれていると言っていた。詮議を受けているということだろう。

「敦誉さま……」

帝を呪うなどと。そんなことがあるわけがないのに。

どうやったら敦誉と自分の身の潔白が明かせるのか。

敦誉を東宮の位につかせまいとして、そして左大臣に取って代わろうという野心も持って右大臣が裏で糸を引いているとしたら……身の潔白を明かすのは至難の業だ。相手は最初から「謀反ありき」でことを進めようとしているのだから。

「でも、いいこともわかったではないか」

怒りと不安に胸を塞がれそうで、あえて幸紀は明るい声で言ってみた。

「そうだ。あの文は主上が望まれて、主上に届いていたのだ。やはり主上には父君としての思いがおありになったのだ。ずっと敦誉さまのことをお気にかけていらしたということではないか」

文を結わえていた枝が帝の枕辺にあったとわかったのは、今回のことで唯一、よいことだった。

だが、もし、あの木に毒があったら……。

「考えるな」

不安は暗い未来しか想像させてくれない。それはさらなる不安と恐れを呼ぶばかりだ。

「考えるな」

幸紀は自分に向かって繰り返した。


細い明かりとりから光が消え、室内が真っ暗になってしばらくしてから、ようやく、戸の向こうで人の気配がした。

重い角材を動かす音がし、戸が開く。

闇に慣れた目には小さな手燭《てしょく》の明かりさえまぶしくて、幸紀は目を細めた。男が折敷を手に入ってくる。ここに連れてこられた時についてきた武官と同じ男かどうかさえ、さだかではなかった。

「お食事でございます」

手燭と、いく皿かの食事を載せた折敷が床に置かれた。男はすぐに出ていってしまう。

火を灯台に移して、ようやく部屋が明るくなった。

「これでは先が思いやられるな」

油が切れたら、また真っ暗だ。そうなる前にと、急いで膳のものをたいらげた。

直衣を脱ぎ、単衣になって、早々と衾にくるまる。

明日になったら、きっともっと心も落ち着いて、どうすればいいか方策も思い浮かぶだろう。そのためにも今夜はもう、寝てしまったほうがいいと判断してのことだった。

だが、横になっても目は冴《さ》えて、眠気はいっこうに訪れてくれなかった。当たり前だ。

問答無用でこんなところに閉じ込められて、高いびきをかけるほうがおかしい。

遠くから、高く細い犬の遠吠えが聞こえてきたのは、幸紀が何度目の寝返りを打った時だっただろう。

「わあおおおおおおおぉぉぉぉぉぉぉぅぅ」

野犬だろうか。一匹が鳴くと、また別の遠吠えがかぶさる。

気持ちよさそうだなと思った。

犬には犬のやむにやまれぬ事情があって吠えているのかもしれなかったが、思い切り喉を張る遠吠えは気持ちよさそうに聞こえてしまう。

敦誉も狼姿になると、やはり遠吠えをしたがった。

きよや春実に見つかると厄介だから、比叡にいた時も山に連れ出してやることはできなかった。好きに吠えさせるわけにはいかなかった。

敦誉の遠吠えを聞いたのは、幸紀が野犬の群れに襲われた、あの一度きりだ。

「もっと、吠えさせて差し上げればよかった」

この数刻ですっかり癖になってしまった独り言をつぶやきながら、幸紀は敦誉を思った。

犬の遠吠えは続いている。

聞くともなしにその声を聞いていて、ふと幸紀はその響きが近づいてきているのに気づいた。特に大きく、力のある吠え声に呼応してほかの犬も次々と吠えだすが、その数はだんだんと増え、しかも集団で近づいてきているようなのだ。

まさか――。

はっとして幸紀は筵の上で身を起こした。細い明かりとりから聞こえる吠え声に耳をすませる。

ひときわ太く長い遠吠えは本当に犬のものだろうか。さらに近づいてくると、その迫力は並みの犬のものとは思えなかった。

胸がどきどきと速くなる。

まさか、まさか……今夜はまだ満月ではないはずだ。

遠吠えはどんどん近づいてきて、もう、壁のすぐ向こうに迫っているのではないかというほどになる。すごい数だ。建物が取り囲まれているのではないだろうか。

「うわっ！　なんだ、犬が！」

遠くから今度は人の叫び声がする。遠吠えではなく、威嚇《いかく》の唸り声や吠え声、追い払おうとする人の怒鳴り声が聞こえてきた。

わわわわわわん！

ばうっわんわんわん‼

うわああ！

あっちへ行け！　行けというに‼

ものすごい騒ぎだ。

じっとしてなどいられなくて、幸紀は衾を跳ねのけて立ち上がった。その時だ。閉まった戸ががたがたと揺れた。

まさか、本当に？

揺れる戸に駆け寄る。手をかけたところで、がたんと重い物音がした。太い角材が床に落ちたかのような……。

「ばうっ」

吠え声が聞こえ、同時に勢いよく戸が開いた。巨大な狼が飛び込んでくる。

「うおん！」

「敦誉さま！」

おなかにぶつかってこられて、そのまま後ろに倒れ込んだ。

「くぅん！　わん！　くぅぅぅん」

幸紀、幸紀、無事だったか！

狼の鳴き声なのに、言われていることがわかるような気がした。

「敦誉さま……！」

助けに来てくれたことも、無事な姿を見られたことも、涙が出るほどにうれしい。

宿下がりを命じられてから今日までの不安が一気に消える。野犬の群れに襲われた幸紀を助けてくれた時と同じだ。敦誉は我が身をかえりみず、助けに来てくれたのだ――。

「敦誉さま、敦誉さま！」

べろべろと顔を舐め回す狼の顔と頭を、幸紀も抱えて撫で回した。

幸紀が閉じ込められていたのはどこかの寺の僧坊の一画だった。

数十匹という野犬に襲われて、寺はとんでもない騒ぎになっていた。一番奥まったところにある座敷牢など、誰も気にしていない。

敦誉が先導してくれるままに、幸紀は細い通路を抜けて建物の外に出て、さらに裏門を抜けて無事に寺の外に出ることができた。

人目を避けて裏手の竹やぶに入ったところで、さあどうしようと、幸紀は困って歩みを止めた。

出てくる時に沓ははいてきたが、人が来ては大変とあわてたために、単衣一枚の格好だ。

「わふぅ」

大丈夫かというように、敦誉が見上げてくる。

「敦誉さまも囚《とら》われていらっしゃったのですか?」

「わん」

藤原家に戻っても、すぐに追手が来るだろう。どうしよう、どこに逃げればいい?

「わふっ」

敦誉が鼻づらをぐいっと押しつけてくる。心配するなというのか。

「……そうですね、きっとなんとかなりますね」

この主といればきっと大丈夫だ。

「とりあえず、今、ここがどこなのか……」

竹やぶを反対側まで突っ切って、そっと道に出た。

新月が近く、月はない。星々の頼りない光で周囲を見回す。どこか山中まで連れてこられたかと思ったが、少し先の平らな道沿いには家並みが連なっていた。まだ都の中らしい。だが、公家の屋敷を囲む築地は見当たらない。御所に近い二条《にじょう》、三条あたりではなく、内裏から離れた下のほうであるらしい。

そういえば、と思い出す。

兼忠は実家の橘家をうっとうしがり、八条《はちじょう》のはずれにこぢんまりした屋敷をもうけて、もっぱらそこで暮らしていた。友人を集めて夜通し騒いだり、浮かれ女を呼んで派手に遊んだりもすると自慢されたことがある。

「おまえも一度、遊びに来い」

兼忠なら……。

「敦誉さま、八条に兼忠の家がございます。いったん、そこにかくまってもらおうと思うのですが」

「うぅ？」

兼忠？　狼の大きな口の一部がいやな感じにめくれる。

「兼忠は右大臣一の君ではありますが、信頼できる男です。今度のことに右大臣が大きくかかわっているなら、なおのこと、兼忠のところがいいのでは……」

「くぅぅ……」

仕方ないというように、敦誉は首を振った。

「ではまいりましょう」

もう夜はかなり更けているようだった。通りに人の姿はなく、家々の明かりも消えている。それでも用心に用心を重ねて、道の端を身を縮めて走った。

そうして、だいたいこのあたり、というところまで来て、幸紀の足はぱたりと止まった。どの家だろう。

見るからに下々の、垣も満足にないような家々はちがうとわかるが、檜垣や柴垣で囲まれ、庭も作られているようなこざっぱりとした感じのよい屋敷は何軒かあり、どこが兼忠の家か、見ただけではわからない。正確な場所を聞いておかなかったのが悔やまれた。

「わふ」

「敦誉さま?」

だが敦誉は、ついてこいというように鼻づらをしゃくり、先に立って迷いのない足取りで歩きだす。

半信半疑でついていくと、素朴な檜垣ながらどこか丁寧な造りの家があった。のぞき込むと、もう夜半だというのに簀子の釣り灯籠に灯りが入れられたままだ。

匂いでわかるのか、敦誉には確信があるらしい。家の横手に回ると、枝折戸《しおりど》を軽々と飛び越えた。幸紀は枝折戸を押し開けて庭に入る。

寝静まった家人を起こすのは気が引けたが、母屋と渡殿《わたどの》で繋がっている対にそっと声をかけた。

兼忠の家でなかったら、深夜に単衣一枚の烏帽子もかぶらぬ男など検非違使《けびいし》に突き出されてしまうだろうと一抹の不安はあったが、はたしてそこは兼忠の屋敷だった。

案内を請う幸紀の声に出てきてくれたのは、手燭を手にした宗光だった。敦誉は宗光の姿を見るとすぐ、庭の暗がりに姿を消す。

「これは……幸紀さま！　どうなさいました！」

深夜に突然現れた幸紀に宗光は驚いたようだったが、すぐに母屋へと通してくれた。足を洗ってもらったり、汚れた単衣を着替えさせてもらったりしているところに、寝衣姿の兼忠があわてて やってきた。

「幸紀！　驚いたぞ！　いったいなにが……」

騒動を知らなかったらしい兼忠に、父から聞いた話から閉じ込められたところまで話す。

「陰陽頭と我が父がここのところ密に会っているのは知っていたが……まさか、敦誉さまやおまえを捕らえようとは……」

兼忠はむずかしい顔で腕を組んだ。

「しかし、おまえはどうやってその牢から逃げてきたのだ」

ここが大事なところだ。

「敦誉さまに助けられた」

「……敦誉さまに？　しかし、敦誉さまも捕らえられてしまったのではなかったのか」

「……敦誉さまはおそらく、ご自分で囲みを破られ……そしてわたしを見つけて、助けてくださったのだ」

「それはすごいな。して、敦誉さまはどこに？　宗光はおまえのことしか言っていなかったぞ？」

幸紀は一つ大きく息を吸い、長く吐いた。

「……少し、待ってくれるか」

「うむ？」

黙って待つ態勢になった兼忠の前で、幸紀はうつむいて考えをまとめようとした。

兼忠に、敦誉の秘密を知らせるかどうか。

狼の姿の敦誉に会わせて、それが敦誉だと兼忠は信じるだろうか。すぐには信じられないのが普通だろうが、おそらく夜明けとともに敦誉はまた人の姿に戻るだろう。その時に、兼忠はどうするか。やはり敦誉は物の怪だったと騒いだり、陰陽寮に告げたりするか。それとも、摩訶不思議《まかふしぎ》なことだが、これも神仏のなせる業だろうと受け入れてくれるか。

もし、打ち明けなければどうなる。

朝になって、庭に真っ裸の敦誉が現れたら？　いや、それはすぐに幸紀が衣を着せかけるにしても、夜中にはいなかった敦誉が朝、急に現れることを兼忠になんと説明する？

「――兼忠」

「うむ」

「わたしと敦誉さまにはある秘密がある。それを打ち明ける前に、おまえに聞きたい。わたしたちは今、言ってみれば、謀反の疑いをかけられて逃げている国家の大逆人だ。おまえはわたしたちをどうしようと思う？」

「国家の大逆人とは大袈裟《おおげさ》だと思うが……うむ、確かにな。おまえが送った相手も知らぬままに送り続けた文、その文につけていた枝に、万一、毒があれば……そうだな、おまえは主上のお命を狙った大悪人ということになるな。敦誉さまが主上を呪ったというのも、呪っていないと証し立てるのはむずかしかろう」

「そのとおりだ」

「だが……」

兼忠はそこでにやりと笑った。

「俺はおまえたちがそんな悪人だとは思えん。悪人どころか、おまえは生一本で真面目で優しい男だ。延々と毒のある枝を送り続けるなんぞという陰険な手を考えつけるやつではない。敦誉さまもな。あのお方は帝位になぞなんの興味もお持ちではないだろう」

「そう！　そうなのだ！」

わかってくれている人がいるというられしさで身を乗り出す。やっと話の通じる相手に出会えた安堵をおぼえる。

「我が父の狙いは理解できる。また、陰陽寮もな。唐から栄佑さまが招かれ、このままでは自分たちの立場がないと、躍起になっている。おまえたちはそれに巻き込まれたのだ。今すぐ、おまえたちの無実を証し、これまでと同じ暮らしを……というわけにはいかんが、だが、とりあえず、ことが落ち着くまで……なにか、おまえたちに有利な材料が見つかるまで、俺がおまえたちをかくまおう。我が父も、まさか俺がおまえたちをかくまっているとは思うまいからな」

「あ、ありがたい！　なんと礼を言えばいいのか……」

「礼なぞ。あーいや……そうだな……礼の気持ちをあらわしてもらったほうが、おまえも気が楽か」

その言葉に幸紀は大きくうなずいた。

「誰にも頼れぬ。おまえがかくまってくれるのだけが頼りだ。感謝を示させてもらえるなら、喜んで！」

「では……」

にやりと兼忠は笑い、ずいっと身を乗り出してきた。

「口でも吸ってもらおうか」

「……なに？」

目が丸くなる。なにか聞きまちがえたか？

兼忠の手が伸びてきて、顎を摘《つ》まれた。

「前から思っていたのだ。おまえの唇は柔らかそうだとな。顔も綺麗だし、肌も女人よりなめらかなぐらいだ。どうだ。礼の気持ちがあるというのなら、俺にしなだれかかって、俺の口を……」

吸ってくれぬか、と言いたかったのだろうか。

幸紀は最後まで兼忠の言葉を聞くことができなかった。

美しい絵の描かれた障子を破って、室内に狼が飛び込んできたせいだった。

「うわっ！」

「敦誉さま！」

狼はまっすぐ兼忠に飛びかかり、その狼の首に幸紀が飛びついた。

「敦誉……？」

狼に床に押し倒されながら、兼忠は幸紀の声を聞いていたらしい。目を見張って狼を見つめる。

「がうううぅぅぅっ！」

獰猛に鼻の頭にしわを寄せ、牙を剝いて、狼は兼忠を睨む。今にも喉笛に食らいつきそうな狼を幸紀は必死で引っ張った。

「敦誉さま、なりません！　落ち着いてくださいませ！」

「この狼が……敦誉さま……？」

狼の下で、兼忠は呆然と繰り返す。

「兼忠さま！　いかがなさいました！」

騒ぎに家人の宗光がやってくる。簀子からかけられた声に、

「よい！　なんでもない！　呼ぶまで来るな！」

兼忠が大声を張った。

幸紀はその隙《すき》にも、「敦誉さま、落ち着いてください」とささやいて、狼を座らせようとその背を撫でる。

「……なるほど」

狼と幸紀を見くらべ、兼忠がうなずいた。

「これがおまえたちの秘密なわけだな」

うなずくしかない幸紀だった。

兼忠は「わたしと敦誉さまの秘密」とは二人が恋仲だということだと思ったという。

「そこで俺が口吸いのなんのといえば、おまえも『わたしには敦誉さまが』と話しやすかろうと思ったのだが……まさか、狼になられるとは……」

呆れたように首を振る兼忠を、床に伏せてはいるが敦誉は鋭い眼光で睨んだままだ。

「本当でございますよ。本当に、わたくしは幸紀にやましい気持ちなど持っておりません。ですから、そろそろ、その恐ろしい目で睨むのをやめていただけませんか。今にも嚙み殺されそうな気がいたします」

そう兼忠が丁寧に頼んでも敦誉は睨むのをやめなかったが、

「敦誉さま……」

と幸紀が鼻づらから頭までを優しく撫でると、ようやく目を細めた。

「なるほどな。先ほど、今宵はやたらと犬が鳴くと思ったが……敦誉さまがおまえを助けるために犬を集めたのか」

「そうだ。それで牢を破って……」

これまでは満月の夜にだけ変化していたこと、朝になったら人の姿に戻るだろうことを告げる。

「あいわかった。案ずるな。俺がおまえたちをかくまうことに変わりはない。手狭で申し訳ないが、この部屋で過ごしてほしい」

そして兼忠は居住まいを正すと、狼の前に手をついた。

「敦誉さま。ただいま申し上げたとおりです。敦誉さまと幸紀は、疑いが晴らされるまで、わたくしが責任をもってお守りいたします。家人にもこの部屋には近づかぬよう、申しつけます。ご不便でしょうが、しばらくはここにおこもりになってお過ごしくださいませ」

わかったというように、敦誉はうなずいた。

こうして……激動の半日はなんとか終わったのだった。


その夜の褥では、子供の頃のように、敦誉と幸紀はぴったりと寄り添って眠った。

とんでもない一日のあとだったが、狼の時は体温も少し高くなるようで、幸紀は弾力のある、あたたかな毛並みにくっついて、ぐっすりと眠ることができた。

朝方、違和感を感じて目覚めると、狼から人に戻った敦誉に両腕で胸の中に抱き込まれていた。

「起こしたか」

「敦誉さま……！　昨夜は助けていただき、ありがとうございました！」

まずは牢を破ってくれたことへの礼を口にした。

「敦誉さまも陰陽寮に囚われていらしたのでは？　満月ではないのに、狼の姿になっていらしたのは？　どうしてわたくしがあそこにいるとわかったのです？　犬たちも敦誉さまが連れていらしたのですよね？」

狼の時には聞けなかった疑問が溢れて止まらない。敦誉が苦笑する。

「なにから答えればよいのやら……。おまえが陰陽寮に来てくれたのは知っていた。声が聞こえたからな。だが、出ていくことはできなかった。そのあと、俺も結界とやらの張られた塗籠に閉じ込められたが、このままでは謀反人扱いだ。なんとかせねば、おまえを助けねばと、それだけを思っていたら、軀が勝手に変わったのだ。……昔、野犬に囲まれているおまえを見つけた時と同じように」

「……わたくしを、助けようと……」

ツンと鼻の奥が痛くなり、目頭が熱くなる。

敦誉は優しい眼差しで幸紀の頬を撫でた。

「そうだ。ほかの時には狼に姿を変えようと思ってもならぬのに、おまえを助けねばとなると満月でもないのに姿が変わる。不思議なことだが、狼の身になることができたのはありがたかった。天井を破り、外に出て、おまえの匂いを追ったのだ」

遠吠えをしながらな、と敦誉は笑う。

「はじめは一人で行くつもりだったのだが、遠吠えに応える犬たちに『ともに来い』という心で吠えてみたら、一匹増え、二匹増え……これはいいと吠え続けていたら、寺に着く頃にはあの数に増えていたというわけだ」

「敦誉さま……！」

聞いていて、胸が躍った。

「敦誉さまはやはり、神が遣わされたにちがいありません！　そんな犬をあやつることができるなんて……すごい、すごいです！」

「おまえは……」

敦誉は幸紀の勢いに呆れたようだった。

「犬を引き連れて牢を破るなぞ、なにがすごいものか。普通はそこで、やはり物の怪ではないかと思うものなのに、おまえは……それでも俺がすごいと褒めるのか」

「敦誉さまは物の怪なぞではございません」

確信を持って幸紀はうなずいた。

「物の怪というのは、禍々しく、邪悪なものでございます。人を傷つけて喜び、人を害する。敦誉さまはちがいます。子供の頃から見てきたのです。幸紀にはわかります」

「……おまえはいつも、俺の味方をしてくれる……」

わずかに眉を寄せ、敦誉はどこか苦しげにも見える表情で目を閉じた。

「それがどれほど俺を支えてくれていることか。……なのに、おまえは……俺に后を迎えろと言うのだな……」

「敦誉さま……」

「この胸におまえ以外の誰も、俺は抱き締めたくなどないというのに」

そう言われて、幸紀ははっとした。

昨夜の話に夢中になっていたが、敦誉に抱えられたままだったのに、初めて気づく。視線を落とせば裸の胸元があり、脚に絡められている脚も素足のようだ。考えてみれば……考えるまでもなく、狼から人の姿に戻ったばかりの敦誉は素裸だ。結われていない髪が顔に垂れかかっているのが乱れた印象をさらに強める。

薄い単衣一枚で、裸の敦誉に抱き締められている——意識して急激に恥ずかしくなった。

「あ、あ……あの、あ、ご、ご無礼を……い、今、衣を持って……」

「暴れるな。衣などいらぬ。……俺にこうして抱かれているのはいやか」

「え？」

静かに尋ねられ、胸の中から顔を見上げた。敦誉は少し心配そうな、少し悲しそうな顔をしている。

「子供の頃からくっつくのには慣れている、なぞと言ってくれるなよ。そういう意味ではない。おまえを愛しく思う、この俺の胸の中にいるのはいやかどうかと聞いている」

まさに、子供の頃からよくこうしてくっついて寝ておりましたね、と答えようとしていた幸紀は、機先を制されて口ごもる。

「……おまえがいやならば……腕をほどく」

背に回っていた腕がゆるみ、密に寄っていた胸に隙間ができる。──離れていく。

「あ……」

その時、幸紀の胸にきざしたのは、敦誉に会えなかったあいだの、暗闇に置き去りにされでもしたかのような心もとなさと寂しさだった。

もしかしたら、もう敦誉は自分に会いたくないのかもしれない、そう考えただけで、胸がしくしくと痛んだ、その痛みも思い出す。

「い、いやでは……いやではございません」

幸紀は思い切って告げた。

そうだ。肌を寄せ合うこのあたたかさを、自分はいやがってはいない──。

「幸紀……」

敦誉が目を細める。一度ゆるんだ腕にふたたび力がこもり、胸と胸のあいだの隙間が埋まる。

とたんに幸紀はあせった。

「あ、あの……あ、い、いやでは、決していやではございませんが……その、あの……」

顔が一気に熱くなる。敦誉の目には、自分がどれほど赤くなっているのか映っているのだと思うと、さらに落ち着かなくなる。

敦誉の口元に笑みが浮かんだ。

「いやではないのだな?」

「は、はい。それは……」

「こうして力をこめたらどうだ」

背に回った腕に引き寄せられ、より強く抱き締められた。敦誉の胸に顔を押しつける姿勢になる。

「いやか」

「い、いいえ」

胸から敦誉の、大きく、少し速い鼓動が伝わってくる。薄い布一枚をへだてただけで抱き合っている、そのことを思うと恥ずかしさと申し訳なさのようなもので頭の芯が痺れそうになるが、けれど、敦誉の体温と肌に触れているのは心地よかった。

「あの……決していやではございません……その、こんなことをしていていいのかと思うと、落ち着きませんが……胸もとても速く打っておりますが、でも……」

気持ちいいです、と言おうとして、口ごもる。

「いやではないのだな?　ならばそれでいい」

笑いを含んだ柔らかな声音が落ちてきた。

そこで幸紀は思い切って、敦誉の胸から顔を上げた。

「こうしてお会いできて、うれしゅうございます。突然に宿下がりさせられ、文にお返事もいただけず……寂しゅうございました」

「ほお？」

敦誉の眉が片方だけ跳ね上がる。

「おまえが愛おしいと告げた俺に、おまえは后を迎えろと言ったのだぞ？　人をそこまで手ひどくふっておきながら、おまえはそういうことを言うのか」

それを言われると返す言葉がない。

幸紀は目を伏せた。

「俺が寂しくないとでも思ったか。おまえに本当に会いたくないとでも……」

少し、震えを帯びた声で敦誉が続ける。

「おまえに褒められ続けたければ……俺は后を迎えねばならんのか？　ほかの女人を抱かねばならんのか？　それはつらい。好いた相手に、それを望まれるのはつらい。だから、おまえにいとまを出したのに、おまえがいなければ、それもつらい。俺は、どうすればいい？」

「敦誉さま……」

目を上げると、切なげに細められた目と視線が合う。苦しげな顔がたまらなくて、思わず手が伸びた。

敦誉の頬に手を添える。

「幸紀は、敦誉さまに幸せになっていただきたいと、そればかり思っております。男君の幸せといえば、位人臣を極めること、臣下に敬われ慕われること、そして、美しい姫君を迎え、子をなすことと、考えておりました。男と男で慕い合ったところで、なんの先もないと……」

幸紀の言葉が針ででもあるかのように、それを受けた敦誉はきゅっと眉をひそめた。

「幸紀、俺の幸せを勝手に決めてくれるな」

「敦誉さま……」

「俺は何度も言ったはずだ。おまえさえそばにいてくれれば、それでいいと。ほかの男がどうであろうと知ったことではない。俺の幸せは、おまえとともにいることだ」

敦誉の声にも瞳にも、揺るがぬ芯がある。――これを、本当に自分は受け止められるのか。

幸紀は一度ぎゅっと目を閉じた。自信を持って答えることはまだできない。

「俺はおまえにも俺を恋うてほしい。俺と同じ想いを持ってほしい」

「…………」

「だが」

と、敦誉の声が深く、重くなった。

「もう、あせりはすまい」

え、と幸紀は顔を上げた。静かで強い眼差しを見つめ返す。

「おまえが俺と同じ心となってくれるまで、もうあのような無体はせぬ」

「敦誉さま」

どれほどの想いでそう言ってくれるのか。胸が熱くなる。が、

「代わりに、おまえがどれほどまでならばいやではないのか、俺の望むことに応じられるか、試してもよいか」

敦誉はいたずらっぽく目を光らせると、そう言いだした。

「ど、どこまでいやではないか……ですか」

「そうだ。おまえがいやならばすぐにやめる。それもいやか？」

「い、いやではございませんが……」

とまどいつつ、返す。敦誉の口元の笑みが深くなった。

「では今……口を吸うてもよいか」

「え」

「いやならよい」

「い、いやではございません！」

つい、そう答えると、「では」と、顎に手が添えられた。くっと押し上げられる。

「幸紀」

愛おしげに名を呼ばれる。

見つめてくる瞳は潤み、けれど熱い光をたたえていて、その瞳で見つめられているだけで、幸紀は自分が日なたに置かれた雪のように溶けてしまいそうな気がした。

敦誉の顔が寄せられてくる――。

しかし、まさに唇が触れようとしたその時、

「敦誉さま！　幸紀！　朝餉《あさげ》をお持ちいたしましたぞ！」

声と同時にすぱーんといい音で障子が開き、二人はあわてて身を離したのだった。

兼忠の屋敷には、幸紀にとってのきよと春実にあたる女房と宗光の二人しか家人はいなかった。二人とも幸紀とは顔見知りで、兼忠が幸紀と敦誉をかくまっていることは決して口外しないと約束してくれた。

それでも、垣の向こうから誰がのぞくかわからないからと、兼忠は幸紀と敦誉に決して部屋から出ないようにと言いおいて、出仕していった。

「おそらく、おまえたちが逃げ出したことで内裏は大騒ぎになっておろう。まずはどんな騒ぎになっているか、様子を摑むが大事。その後、おまえたちの無実を証し立てる方策を見つけよう」

そうも言って。

兼忠に迷惑をかけるようで心苦しかったが、今頼れるのは兼忠しかいない。

「頼む」

幸紀は頭を下げるしかなかった。

そして——幸紀は敦誉と二人、部屋にこもって過ごすことになった。

これまでも敦誉と二人きりで過ごしたことなどいくらでもあったが、二人の関係が微妙に変わってきている今となっては、意味がちがう。幸紀は立ったり座ったり、宗光が用意してくれた長櫃を開けては中の衣裳を衣架にかけたりしまったり、厨子棚に置かれているものの位置を変えたり戻したり、揚げ句には几帳の乱れを直したりと落ち着かなかった。

敦誉はそんな幸紀の様子を黙って脇息にもたれて眺めていたが、幸紀がもう何度も整えた衾と筵をまた伸ばしてたたみ直したところで、

「もう、よいのではないか?」

と声をかけてきた。

「え‼」

幸紀は文字どおり飛び上がった。

「もう片づけはよいであろう。そろそろ俺のそばに来てはくれぬか」

「え……あ……はい」

うろたえつつも、幸紀はおずおずと敦誉の前に正座した。互いに手を伸ばしても届かぬほどの位置だ。

「もそっと近う。いやではないならな」

わざわざ「いやではないなら」とつけ足されて、そのせいでよけいに動悸《どうき》が速くなる。

「で、では……」

幸紀は床に手をつき、膝で数歩、前へと進む。手を伸ばせば触れるほどに距離が縮まる。

「もそっと」

さらに近くへと招かれて、「失礼いたします……」とさらに一歩分、前に出る。

と、いきなり敦誉の手が伸びてきた。二の腕を掴まれ、ぐいっと引き寄せられる。

「あ！」

抵抗する間もなく、安座をかいた膝のあいだで横抱きにされた。

「いやか？」

幸紀を腕に抱えて、敦誉はうれしそうだ。

「い、いいえ……」

「では今朝の続きをしてもよいか」

「つ、続き……」

どこまでならば幸紀がいやではないか、確かめるために、口を吸われるところだった。ほぼぼっと軀が熱くなる。顔など本当に焼けつくようだ。

「幸紀、愛しいぞ」

そっと頰に手が添えられて仰向かされる。

「敦誉さま……」

見目麗しく、かつ男らしい美貌から目を離せなくなる。これほどに眉目秀麗な公達はほかにはいない。自慢で、誇らしい、主。

本当にこの主の相手が自分でよいのか。この主の想いに自分は応えられるのか。ためらいは消えきっていないし、疑問もまだ残っている。けれどそれでも、敦誉が「おまえだけが」と言ってくれるなら……その想いに応えたい気持ちも確かにある。なにより、こうして胸に抱かれることが、幸紀はいやではなかった。

唇がゆっくりと近づいてくる。

両の目で見ていると敦誉の顔がぶれて見えるほどになってから、幸紀は急いで目を伏せた。唇を待つ。

「失礼つかまつります」

唇が今にも触れようとした、その時、今度は妻戸の向こうから声がかかった。

兼忠に邪魔された朝とはちがい、一瞬だけ、幸紀の唇に唇を押し当ててから、「なんだ」と敦誉は声を張った。幸紀も急いでその膝からすべりおりる。

烏帽子を直したところで、妻戸が開いた。宗光だ。

「唐菓子をお持ちいたしました」

高坏《たかつき》をささげて宗光が入ってきた。

唐菓子は米粉に甘葛の汁を混ぜてこね、油で揚げたものだ。

「おお。唐菓子か。子供の頃から、好きなものだ」

敦誉は鷹揚にうなずいた。

「しかし、こうして厄介になっているだけでありがたいのだ。さらなる気遣いは無用だぞ」

「もったいないお言葉でございます。親王殿下をこのようなあばら屋にお迎えし、いたらぬことばかりとは存じますが、主、兼忠とともに、できる限りのことはさせていただきます。なにかありましたら、どうぞご遠慮なくお申しつけくださいませ」

宗光はにこにこと応じる。

「昼が過ぎましたら、主も戻りましょう。今しばらくお待ちくださいませ」

丁寧に一礼して、宗光が下がってから、

「主同様、食えぬやつだ」

敦誉はつぶやき、「え、そうでございますか？」と幸紀は目を丸くした。


昼を過ぎたら戻るだろうと宗光は言っていたが、結局、兼忠が戻ってきたのは陽も落ちてずいぶんとたってからのことだった。

それまで幸紀と敦誉はしっとりと甘い時間を過ごせたかというと、まったくそんなことはなかった。少しでもよい雰囲気になると、「ご無礼つかまつります」と宗光が入ってきたからだ。

「そなた……主から、我らのことを見張るようにとでも言われたか」

あまりにちょうどなところに毎回宗光が入ってくるので、ついには敦誉がうろんな目つきで宗光に尋ねもしたが、

「さて、ご不便がないようにと申しつけられてはおりますが」

と、にっこりされて、それ以上は敦誉も問い詰められなかった。

その合間に、幸紀は敦誉に、比叡に行って間もなくから、望まれて敦誉の様子を知らせる文を書いていたこと、その文は帝のもとに届いていたことを話した。

「……その話ならば、昨夜、おまえが兼忠に話していたのを聞いていた」

むっつりとむずかしい顔で敦誉はそう言った。

「しかし、それほど俺の様子が気になるなら、なぜそんなこそこそとした手をとる。父としての思いがあるなら、なぜ一度でも会いに来てくれなかった」

それを言われると、幸紀も返す言葉がない。しおしおとうなだれると、敦誉はあわてたようだった。

「いや……まったくなんの興味もなかったわけではない、父は父なりに俺のことを気にかけてくれていたということだな。それがわかって、よかったと思うぞ」

口ではそう言ってくれたが、敦誉が本心から喜んでいないのは明らかだった。

子として親を慕う気持ちを裏切られ続け、寂しく暮らし続けた揚げ句に、いまさらという気持ちがあるのが、幸紀にも痛いほどに伝わってきた。

帝に父としての思いがあったことを伝えたいと思った自分の浅はかさを、幸紀はそっと悔いた。

そうこうするうちに陽が暮れた。

「待たせたな！」

兼忠が元気に部屋に入ってきた時も、幸紀は敦誉に抱き締められていて、あわてて敦誉を突き飛ばすようにして離れた。

「お。邪魔したか」

「じゃ、邪魔なぞではないぞ！　お、遅かったな！」

そんなやりとりをする従兄弟二人の横で、敦誉が、

「わざとであろうが」

と、小声で毒づく。その声は無視して、

「敦誉さまもご心配であられたでしょう。もっと早くに一度お知らせに戻りたいと思っていたのですが、あれやこれやとあり……」

兼忠が敦誉の前に円座を敷いて腰を下ろすと、敦誉の顔がすっと引き締まった。

「やはり俺たちが逃げ出したことで騒ぎが大きくなっていたか」

「はい。天井を破って逃げられたこと、その天井に獣の毛がついていたこと、また、幸紀が閉じ込められていた寺に大挙して犬が押しかけたことで、どこから獣が来たのだと、陰陽寮は侃々諤々《かんかんがくがく》の大騒ぎにございます。町人の中に犬を率いる狼がいたと証言する者もあり、こちらは検非違使たちがその狼の行方を探して大騒動になっております」

兼忠の話に、幸紀は身を乗り出した。

「その狼と敦誉さまのかかわりについてはどうだ。どういう話になっている？」

「そこだ。まさか人が狼に化身するわけはないと思う者が大勢で、その狼は敦誉さまが呼んだものだという見立てが主なのだが、天井が下から破られていたことで、外から狼が助けに来たのはおかしいと言う者もいる。その中に、敦誉さまが狼に化身したのではないか

と疑う者もいて、議論沸騰というわけだ」

「そうか……」

もし、牢を破ったのが敦誉自身と判明したら大変なことになる。自分を助けるためとはいえ、敦誉はとんでもない危険を犯したのだ——そのありがたさと申し訳なさとを幸紀は噛み締める。

「もし、その狼が俺だと明らかになったら、それこそ物の怪として追われるだろうな」

さらりと敦誉は言い、幸紀に目を向けてきた。

「そうなったら、おまえを連れて逃げるだけだ。幸紀、ついてきてくれるか」

「は、はい……！」

もしも本当にそんなことになったら……逃げよう、敦誉と二人、地の果てまでも……。

ぐっと胸に熱いものが込み上げてきて、幸紀は大きくうなずいた。

「わたくしはどこまでも……敦誉さまについてまいります……！」

「……盛り上がっていらっしゃるところ、大変に申し訳ないのですが」

まったく申し訳なさそうではなく、兼忠が扇をひらひらさせてきた。

「人が狼に変わるなどありえないことと、わたくしは最後までゆずらぬつもりでおります。そうかんたんに、帝の御子を失うわけにはまいりません」

「兼忠……」

こうして自分たちをかくまっているだけでも、兼忠はどれほど危ない橋を渡っていることか……右大臣である父の意向にあえてそむいてくれているだけでもありがたいのに、さらに教誉を守ってくれようとする姿勢に、幸紀は目頭が熱くなるのをおぼえる。

「なんと礼を言えばいいのか……」

「いや、礼などいらぬ。おまえが褒めちぎる親王殿下がどのような帝になられるのか、俺も見たいだけのことだ」

兼忠はうなずき、ふたたび教誉に顔を向けた。

「昨夜の逃亡につきましては、今、申し上げたとおりでございますが、幸紀が主上に奏上申し上げていた文につけておりました木の枝について……少々、動きがございます」

幸紀が読む人も知らず出し続けていた文。その文につけていた枝に万一、毒でもあれば、幸紀も謀反人として追われてしまう。

「陰陽寮が威信をかけて、その枝に害がないか、呪いがかかっていないか、調べると言い張っていましたが、せっかく唐から徳を高く積まれた栄佑殿が来られているのですから、栄佑殿にも見ていただきたいと左大臣殿が望まれました」

「父が……」

陰陽寮には右大臣の息がかかっている。左大臣である幸紀の父にしてみれば、政敵の調べに息子の命運と己の権勢をかけるわけにはいかぬのだろう。

「ところが陰陽寮が栄佑殿にその枝を渡すのを拒んでな、仕方がないから、俺が『父の遺いで』と嘘をついて、持ち出した」

「兼忠！」

なんと危ないことを……。思わず腰が浮いた。

「先ほど、栄佑殿に調べをお願いしてまいりました。栄佑殿は右、左、どちらにも関係なきお立場の方。きっと公正な調べをなさってくださることでしょう」

「兼忠……ありがたい、ありがたいが、もしそれがばれたら……」

「大事な従兄弟殿の無実のためだ。どうということもない」

大丈夫だというように、兼忠はうなずく。

栄佑からその枝が無害なものだと言質をもらえれば風向きも変わる、もうしばらく耐えてほしいと、その夜の話は落ち着いたのだったが……。

「今宵は幸紀の褥はわたくしの部屋に用意させようかと思いますが、いかがでしょうか」

兼忠が尋ねたところから雲行きがおかしくなった。

ひくりと敦誉のこめかみが動く。

「……なぜ幸紀がそなたの部屋で？」

「臣下は臣下の礼を守るべきかと」

「俺は幸紀をただの側仕えとは思っておらぬ。そのような配慮は無用に願う」

「殿下の我が従兄弟への格別のお引き立て、兼忠もうれしく、またありがたく存じておりますが、殿下もお一人のほうが心身ともに休まりましょう。長丁場になるやもしれません。夜はごゆっくりお休みを」

「比叡では同じ母屋で寝起きし、同衾《どうきん》もしておった。幸紀がいるからといって休まらぬわけはない。逆に、そなたの部屋で幸紀が過ごすとなれば、これまたいらぬ心配をせねばならぬ」

「おお、比叡ではすでに同衾なさっていらっしゃったのですか」

大仰に目を丸くしてみせる兼忠に、誤解されてはならぬと幸紀はあわてる。

「ち、ちがうぞ、兼忠！　幼き子供の頃のことだ！　そんなやましいことはなにも……」

「おや、ならばなおのこと、敦誉は扇でみずからの膝をぱしりと打った。

にっこりする兼忠に、敦誉は扇でみずからの膝をぱしりと打った。

「幸紀の褥を別室に移さずともよい。……兼忠、おまえ、わかって言っているな？」

「さて。わたくしがなにをわかっているとおっしゃるのでしょう？」

敦誉が深く溜息をついた。

「――俺は幸紀を愛しく思っているが幸紀はまだ気持ちが定まらぬ。そのことをだ」

「あ、敦誉さま！　な、なにを……！」

幸紀は一人うろたえる。その横で、おやおやと兼忠はまたわざとらしく目を丸くした。

「殿下は幸紀を愛しくお想いなのですか！　しかし幸紀は女人ではございませんよ⁉」

「当たり前だ。知っておる」

「年も確か……殿下より四つほど上かと」

「関係ない」

そこで兼忠はすっと真顔になった。

「幸紀は子を産めませぬ」

「さっきからなんだ。俺は子など望んでおらん」

「もし、ことがうまくおさまった時には、殿下は東宮に立たれるかもしれません」

「どのような身分になろうと関係ないわ。俺は幸紀さえいればよい」

「では、もし、重臣より后を迎えるよう勧められたら、いかがなさいます」

「ことわる。幸紀にたとえ拒まれたとしても、我が褥に幸紀のほか、迎えるつもりは毛頭なく、幸紀の褥のほか、俺が訪ねる褥もないわ」

その答えに兼忠が浮かべた、人の悪そうな、けれどとてもうれしそうな笑みを、幸紀は終生忘れることがないだろう。

「——それがお聞きしとうございました」

そして兼忠はすっと両手を前に揃えた。

「敦誉さま。幸紀を、よろしくお頼み申し上げます」

丁寧に頭を下げた兼忠に、敦誉はいやそうに口元を歪めた。

「おまえに頼まれるまでもない。幸紀はおまえにとって大事な従兄弟かもしれぬが、俺にとっては唯一無二、幸紀さえいればほかにはなにもいらぬほどの愛しき者ぞ。おまえに我がもの顔をされるは不快」

きつい物言いだった。幸紀は兼忠が気を悪くしたのではないかと案じたが、兼忠は意外にも柔らかな笑みを浮かべたままだった。

「これは失礼つかまつりました。しかし、同じ年とは申せ、まだまだ世の水に染まっておらぬ、清廉な従兄弟の行く末を案じることは、どうぞお許し願いたく」

そして兼忠はもう一度、丁寧に頭を垂れた。

敦誉はふーと長く息を吐く。

「幸紀の心が決まればもちろん、そうでなくとも、幸紀を終生大事にするのは変わらぬ」

その敦誉の言葉に、兼忠はにやりと笑って幸紀を見た。

「よかったな、幸紀。あとはおまえが心を決めるばかりだな」

「え……」

従兄弟からの思わぬ後押しだった。幸紀は赤くなり、青くなり、「ご容赦を」と袖の陰に顔を伏せたのだった。

五

兼忠が「長丁場になるかもしれない」と言った、しかし、次の日に、事態は動いた。

その日も昼過ぎには帰るはずの兼忠は戻らず、心配しているところに、

「主上が、主上が！」

と兼忠が飛び込んできたのだ。

まさか崩御されたのかと、幸紀は青ざめて腰を浮かせた。敦誉の面も瞬時に引き締まる。

「主上が、どうされたのだ！」

はあはあと息せききっている兼忠に詰め寄った。

「お起きになられて……し、紫宸殿に、お出ましに……」

とっさに悪いほうへばかり思いめぐらしてしまったが、案に相違しての吉報だった。

「まことか！」

兼忠がこくこくとうなずく。

「おまえの……おまえのあの枝……唐の、珍しい、くすりで……昨夜、から、栄佑殿が煎じて飲ませられたところ、先ほど、褥から出られて……敦誉さまを、敦誉さまを、とく、お連れせよと……！」

病で臥したままだった帝が立ち上がることができたというだけでも驚きだったが、そこで命じたのが敦誉を連れてくることというのもさらなる驚きだった。

「お連れせよとは……主上はいったい、どういうおつもりで……」

「栄佑殿が……これはくすりであると……謀反の疑いをかけるなど、ありえぬと言明されて……また、昨秋よりの疫病のはやりも……星の動きを見れば、天の意思としか思えぬと仰せで……陰陽寮も橘殿も、もう反論されることなく」

幸紀は敦誉を振り返った。

「敦誉さま！　お聞きになられましたか！」

疑いはすべて晴れた上で、帝が敦誉に会いたいと望まれている。幸紀にしてみれば、暗雲が晴れ陽が射したような心持ちだが、しかし敦誉には浮かれる様子はもちろん、喜ぶ気配もなかった。

「勅命を受けて、陰陽寮も検非違使も、敦誉さまを必死に探しております。わたくしはなにも知らぬていで退出し、馬を駆って戻ってまいりました。敦誉さま、いかがなさいます。主上にお会いなされますか」

「呼ばれているのなら、行くまでだ」

敦誉は落ち着いた声で言い、兼忠に向けてふっと笑みをみせた。

「この二日、よく我らをかくまってくれた。礼を言う」

兼忠も頬をゆるめた。

「いたらぬことばかりでございました」

「参内する。支度を頼む」

「心得ましてございます」

あわただしくなった。

親王が帝に拝謁する。父と子が初めてあいまみえる。

束帯を用意せねば、いや、帝の私的な殿舎である清涼殿に上がるのだから、そこまで改まらずとも布袴《ほうこ》でよいのではないか、直衣では無礼だろう。牛車は。使いの者は。

結局、知らせを受けた幸紀の父が帝に意向をうかがい、これはまったく公的なものではなく、無礼講でよいからとにかく早く、との返答を得て、直衣で参内することになった。

夜の都を牛車で行く。

支度のあいだに夜はすっかり更けて、本当ならそのような時刻の参内は許されるものではなかったが、帝たっての希望での特例となった。

幸紀も清涼殿に上がるのは初めてだ。

案内の女房に、奥へ奥へと導かれ、敦誉の後ろにつきながら、幸紀はどんどん緊張が高まるのをどうしようもなかった。敦誉はと見れば、背中にはなんのあせりも不安も見えず、落ち着いた足運びは堂々としている。

「敦誉親王殿下をお連れ申し上げました」

母屋の廂で、案内の女房が控えている女房に告げる。

「お伝えしてまいります。今しばし、お待ちくださいませ」

女房が障子を開いて中に入っていき、待つほどもなく、すぐに障子がまた開いた。

「どうぞお入りくださいませ」

平伏する女房の前を通って中に入ると、几帳がめぐらされたさらに奥に、御帳台があった。少し下がった位置の畳にはおだやかな顔の僧が、後ろに付き人をつけて控えている。高貴な僧だけが許される色の衣に、それが唐から招かれた栄佑だとうかがいしれた。

敦誉は御帳台の前に腰を下ろし、両手を前についた。幸紀も斜め後ろで主にならう。

「敦誉でございます。お呼びとうかがい、まかり越しました」

「敦誉か」

御帳台の中から声がした。老いてかすれた力のない声だ。だが、音は綺麗に聞き取れる。

「近《ちこ》う。顔を見せてくれ」

御帳台のかたわらに控えた女御が介助して、帝は褥の中で身を起こした。女御が帳を引き上げる。

敦誉は立ち上がると、その帳の中が正面から見える位置でふたたび腰を下ろした。

「今上陛下、初めてお目にかかります。敦誉でございます」

幸紀は敦誉の後ろからちらりと見えた帝の面差しが敦誉によく似ていることに驚いた。敦誉が年をとり、そして病み衰えたらこんな顔になるだろう。

「初めてではないぞ」

背を女御に支えられながら、帝はなつかしそうに敦誉を見て目を細める。

「おぼえておらぬのも無理はないが、わたしは赤子のそなたを何度もあやした。おおきゅうなったな……」

「………」

敦誉は黙って頭を下げる。

「せっかくそなたが御所に戻ってきたというのに……今日まで臥せっていたが、そこの栄佑殿のくすりのお陰で、数ヵ月ぶりに床を出ることができた。こうして話すことも、やっとできるようになって、一番に、そなたに会わねばと思ったのだ」

そこまで話して、やはりまだ軀がつらいのか、帝は深く長く息を吐いた。

「敦誉」

静かに名を呼び、帝は褥から、「すまなかった」と頭を下げた。

「今日までのこと、わたしには詫びるしかできぬ」

「主上が詫びられることなどなにもないと存じます」

冷たい口調の息子に、父はわずかに眉をひそめた。その心の扉が固く閉ざされているのを感じ取ったのだろうか。

「……まず……そなたの母のことを詫びねばならぬ」

つらそうに、帝はそう語り始めた。

「そなたの母は女御として十五で入内し、わたしに仕えてくれていた。よく笑う、明るい姫であった」

「………」

「初めて子ができ……初産は大変なものというが、これが安産であった」

え、と幸紀は意外に思う。敦誉の母は産後の肥立ちが悪くて薨去されたと聞いていたからだ。なんとなく難産だったのだと思っていた。

「生まれたのが、そなただった。丸々とした元気な赤子だったが、犬のような耳と尾がついておった。ほかの后妃たちも、女房どもも、大臣も、下々の者も……みな、女御があやかしと番って、そなたが生まれたのだと噂した」

幸紀が直接聞いたわけではなかったが、そういう噂があることは父から耳に入れられていた。とても腹立たしく思った反面、人の男女のあいだに異形の者が生まれた時に、疑われるのは女人の不貞であろうというのも、悲しいながら理解できることだった。

「……わたしも、若かった」

ひくりと敦誉の肩が動いたが、やはり無言のままだった。

「……そなたの母は……ほかの誰にも肌を許したことなどないと……文を残して自害した」

「っ」

敦誉が息を飲んだ。その頭が上げられる。

幸紀もまた、不敬と知りつつ、顔を上げずにいられなかった。

「疑ったこと、信じてやらなかったことを悔いても、遅かった」

「………………」

無言の敦誉の背から怒りが立ちのぼっているようだった。今にも敦誉が怒鳴るのではないか、立ち上がって帝に摑みかかるのではないかと幸紀は案じたが、しかし、敦誉はじっと耐えていた。

「命をかけて、あれはそなたがわたしの子だと証し立てていった……。わたしはそなたが人とはちがうものを持って生まれていても、わたしの手元で育てようと、それが亡き女御への供養だと思いながら……しかし、そなたが災いとなる、凶兆であるとする陰陽寮の見立てに、逆らうことができず、比叡にやった。これがそなたにあやまらねばならぬ、二つ目のことだ」

「恐れながら。比叡より御所に入り、無駄な礼儀作法と、本音と建て前の使い分け頻繁な人々にはうんざりしております。比叡でのびのびと楽しく暮らせたことは、ありがたきこと存じております」

敦誉が帝に言葉を返す。幸紀ははらはらしたが、帝は「はは」と短く笑った。

「そうか。比叡は楽しかったか」

「はい」

「そなたの暮らしぶりは折々に、そこの藤原二の君である幸紀に文をしたためてもらっていた。正直な暮らしぶりを知りとうて、身分を明かさずに文を頼んだのだが、幸紀」

名を呼ばれて、幸紀はびくりとする。

「は、はい」

「今日まで、よく敦誉の様子を知らせてくれた。礼を言う。そなたの文はわたしの大きな楽しみであったぞ」

「も、もったいなきお言葉にございます……！」

定期的に現れる、眼光鋭い下人が誰から遣わされているのか、だいたいの見当はついていた。けれど改めてこうして、帝本人から礼を言われるとは思ってもいなかった。

「また、そなたが文につけてくれていた枝が薬効高きものと、そこの栄佑殿が教えてくれてな。こうして身を起こすことができた。これもまた、そなたのおかげだ」

「もったいのうございます……」

「だが」

帝は小さく息をついた。

「その枝のことで、そなたにはいらぬ迷惑をかけてしまったそうだな。わたしが栄佑殿の意見を聞き入れたのが面白うない者が多いようでな。寝ている間に、文箱を持ち出されてしまったのだ」

紫色の布に包まれた枝。あれが陰陽寮にあったのはそういうわけだったのか。

話しぶりから、帝は敦誉と幸紀の身に起きたことをすでに知っているように思われた。

「幸紀が送っておりました枝がくすりとなりましたこと、お喜び申し上げます。ですが、御身の脇の甘さから、幸紀に一度でも謀反の疑いがかかりましたこと、深く深く、お心に留めておいていただきとうございます」

「敦誉さま！」

帝に対する遠慮のない言いように幸紀はあわてて、その袖を引いた。

「よい」

と帝が手で制する。

「そなたたちにはいくら詫びても詫びきれぬ。……敦誉。わたしに勇気がなかったばかりに、そなたにはつらい思いをさせた」

「………」

「そなたの母が入内してしばらくのことだ。わたしは鷹狩り《たかが》に出かけ、大きな鷲《わし》が真っ白なうさぎを捕らえて飛んでいるのを見た。矢をつがえて射るとな、見事に命中し、鷲はそのまま落ちてきた。犬とともに馬を駆ってその場に行くと、鷲が摑んでいたのはうさぎではなく、まだ手に乗るような小さな白い狼でな。抱き上げると震えていたが、そこに母狼らしい狼が来たので、渡してやったのだ。そして、その夜、わたしは夢を見た」

帝の言葉を敦誉はじっと聞いている。

「夢にとても大きな、立派な狼が出てきた。やはり雪のように白い狼でな。いっそ神々しいほどであった。あれは狼の王だったのかもしれぬ。その狼が、我が子を助けてくれた礼を言う、となっ我が子の命を助けてもらった、その礼として、最高の子をそなたに授けよう、国をつかさどるそなたの子としてふさわしい、国や民を助ける子を授けよう、と」

ああ、やはり。

幸紀はじんと胸の内が熱くなる感覚に、そっと目を閉じた。やはり敦誉は物の怪の子などではなかった。神仏が遣わしてくださったと思っていた自分は、まちがってはいなかったのだ。

「……その夢を見て間もなく、女御の懐妊がわかった。……なのに、わたしは……生まれた子に獣の耳と尾があることに……怯えてしまった。凶兆だ、災いだと言う者たちに、そうではないと告げる勇気がなかった」

「ほう」

敦誉が声を上げ、今度はなにを言いだすのかと幸紀はぎょっとした。

「狼から礼をすると言われ、子を授けるとさえ言われ、なのに生まれた子が不義の子ではないかと疑い、我が母を死にまで追いやったのか。凶兆と言われて、押し返すだけの気概もなかったのか」

「敦誉さま、お言葉が過ぎます」

後ろからそっとささやくが、敦誉はやめなかった。

「帝とはたいそうなものだな。臣下の顔色をうかがい、みずからが大切にせねばならぬものさえ、打ち捨てるとは」

「敦誉さま！」

「国を統《す》べる者ならば」

敦誉はひときわ声を張った。

「己が正しいと信じるものを貫ける強さがなければならないのではないのか。人の顔色ではなく、天の意を読まねばならないのではないのか。そのような強さも信義も持たぬ者を帝といただかねばならぬ民は不運だな」

もう幸紀にはどうすることもできなかった。敦誉は言い切り、室内はしんと水を打ったように静かになる。

沈黙を破ったのは、乾いた帝の笑い声だった。

「言いおるわ」

だが、と言葉が続く。

「そなたの言うとおりだ。先年の疫病の流行は帝たりうる器のないわたしが帝位にいるせいであったかもしれぬ。……寝ついてから、何度も同じ夢を見た。また巨大な白狼が出てきて叱られる夢だ。せっかく最高の皇子を授けてやったのに、なぜそれにふさわしい扱いをせぬ、と」

その時、聞き慣れぬ響きの声がした。

栄佑だった。後ろにいた付き人と見えたのが通詞だったのか、

「敦誉親王殿下はとても強い星のもとにお生まれです。その誕生は凶兆などではない、と。また民に喜ばれる帝になろうとも」

と、言葉を伝えてくれる。

「そなたを比叡に遠ざけていたこと、すぐに処遇を明らかにしなかったこと、どちらもわたしのふがいなさゆえのこと。そなたが怒るのも無理はない」

帝は「すまなかった」とふたたび敦誉に向けて頭を下げた。

「許してくれと願って許されることではないが、詫びだけは言わせてほしい。そして……わたしのあと、帝位を継いでほしい。そなたに東宮に立ってもらいたい」

ついに。ついに、帝の口から「東宮に」という言葉が出て、幸紀は心が躍るのをおぼえ

た。しかし、帝に相当に腹を立てているらしい敦誉が素直にそれを聞くかどうか……。まさか比叡に隠遁《いんとん》するなぞと言いだすのではないかと、後ろからそっと敦誉の様子をうかがう。

「……わたくしは帝位になど、なんの興味もございません」

案の定、敦誉はそう言った。

「しかし」

しかし？　幸紀は目を見張る。

「民の暮らしを守り、国を守るが務めの、そういう血筋に生まれた以上、時のめぐり合わせで帝になるべきというなら、お受けするほか、我が道はございません」

「東宮に立ってくれるか」

「御意」

いったん頭を垂れ、そして敦誉は「ですが」とふたたび顔を上げた。

「わたくしはここに控えております、藤原幸紀を終生の伴侶にと心に定めております。男が后妃に立った前例はなく、相当する身分もないのは百も承知のことながら、幸紀のほか、后妃を迎えるつもりはございません」

「あ、敦誉さま！」

またなにを言いだすのか。

あわてて敦誉の袖を引くと、逆に腕を伸ばされて、前へと引き寄せられてしまった。目の前に帝がいる。

「ご、ご無礼を……！　あ、敦誉さまっ、お放しくださいっ」

じたばたしたが、敦誉に強い力で肩を抱かれて下がることもできない。

「主上は先ほどからわたくしにあやまってくださるとおっしゃいますが、わたくしは比叡にやられたこと、恨むどころか感謝しております。そのお陰で、わたくしは幸紀と出会うことができた」

そうか、と御帳台の中で帝がうなずいた。

「鄙で満足な躾も受けられず……そなたが村の子ともなじめず暮らしていると聞いて……同じ年頃の、よい影響を与えてくれる子がおらぬかと、忠親に相談したのだ。そうか、わたしもそなたに喜んでもらえることをしていたのだな」

栄佑がまたなにか言葉にした。

「その若者も聡明でよい目をしていると、栄祐さまが仰せです。敦誉さまにはよき伴侶となろうと」

「そうか……。では今度こそ、わたしはまちがえてはならぬな。そなたが女人を入内させぬこと、その幸紀を選ぶこと、認めよう」

「今はまだ、幸紀の心の先が定まってはおりません。ですが、主上からそのようなお許しがいただけましたことは、ありがたき幸せにございます」

敦誉が丁寧に頭を下げる。横で幸紀もあわてて両手を揃えて頭を下げた。


清涼殿から下がり、昭陽舎の母屋に戻ってくると、もう膝に力が入らなかった。

へなへなとその場に座り込んでしまった幸紀に、敦誉があわてたように膝をついてくる。

「どうした！」

「いえ……気が抜けたと申しますか……」

幸紀は苦笑してみせた。

疑いは必ず晴れると希望は捨てなかったが、それでも、謀反人として追われる立場になる恐れが消え去らなかった三日間だった。その揚げ句に、思いもよらず帝に拝謁することとなり、そこでも敦誉の言動に肝を冷やされた。

「謀反人として追われる立場から、御所に戻り……ほっとする間もなく、敦誉さまがあまりに大胆なことばかりおっしゃるので、幸紀は生きた心地がしませなんだ」

「本当はもっと怒りたかったのだぞ。我が父ながら、なんと気概のないと。母上をお信じあそばすことなく、死にまで追いやったこと、俺は許せぬ」

それはそうだろう。

「そもそも、中宮のほかに側室を持つこと自体が俺には理解できぬ。本当に愛しく大切に想う相手を二人も三人も持てるものなのか。しかも、我が子を産ませながら、その母も子も信じきれず、守りきれずとは……情けないとしか言えぬ」

激しい口調だった。

狼は番となった相手と生涯連れ添うという。そういう気質が敦誉にも備わっているのかもしれないと、幸紀は思う。

そして、囚われの宮中から、満月ではないのに狼に姿を変えて助けに来てくれたことも。まっすぐで一途な想いがあればこそだろう。そういう敦誉から見れば、帝が夫として、父として、情けなく思えるのも無理からぬことかもしれないと。

「しかし」

敦誉の声がやわらいだ。

「そうでなければ、おまえと出会うこともなかったのだと思えばな……」

「敦誉さま……」

「比叡にやられたからこそ、おまえと出会えた。おまえと暮らすことができた。あの日々は俺の終生の宝となろう」

「もったいないお言葉……」

胸が熱くなるのをおぼえながら、幸紀は笑みを浮かべた。

「でも、確かに。最初から御所で皇子としてにぎやかにお暮らしでいらっしゃったら、幸紀と出会っても『ふーん』で終わりでいらしたかもしれません」

顔を見て笑い合う。

「……比叡で、おまえと暮らした毎日は楽しかった」

「わたくしもです。でも……敦誉さまが次代の帝として、国と民のために尽くされるのをお手伝いできるとすれば、それもまた、幸紀にはうれしゅうございます」

「おまえがそう言うのなら、俺は俺の力の及ぶ限り、よい帝となって国と民を守ろうぞ」

力強く言う主が頼もしくて、幸紀はうっとりとその顔を見上げた。

「敦誉さま……」

それは幸紀としては、主へ向ける尊敬の気持ちのつもりだったのだが。

幸紀の視線を受け止めて、敦誉の瞳に優しく熱いものが宿った。

「幸紀、ここへ来てはくれぬか？」

腕を広げられる。

「もしも、いやでないならばだ」

とくん。小さく胸が鳴った。

狼に姿を変えて、助けに来てくれた。帝の前で「生涯の伴侶」と言い切ってくれた。

——いや。

してもらったことがうれしいから、ばかりではない。敦誉が先に想いを寄せてくれたから、ばかりでもない。

これまではただ、支えねばならない主としか思っていなかった。それ以外の目で、見てもいい相手だとは思っていなかった。

けれど、あの夜、狼となった敦誉に愛撫され、次の朝、これまでの想いのすべてを打ち明けられて……とまどいながらも、自分は初めて「主」ではない敦誉を見るようになった。

尊敬できて、そして……愛しく想える、男君。幸紀は胸に溢れてくる想いを噛み締める。

自分は、この人を、愛せる。今よりもっと、特別な存在として。

「……いやなどでは、ありません」

幸紀は膝行して、敦誉の前に進んだ。広げられた腕に手を添える。

「敦誉さま……本当にわたくしでよろしいのですか？」

尋ねると、幸紀を見上げて、敦誉は喉の奥で笑った。

「いまさらだな。おまえ以外の誰も、俺はほしくもないし、愛しくもないわ」

「……わたくしも……敦誉さまのほか、ほしがられたくも、愛しくも、思われたくはございません……」

敦誉がくっと目を細める。

「……そんなことを言うと、図に乗るぞ」

そして敦誉は幸紀の腕をぐっと引いた。膝の上に抱き込まれる。

「本当に、よいのか」

黒い瞳にじっと見つめられた。

「……はい……わたくしも……お慕い申し上げるなら、敦誉さまのほか……」

「幸紀」

言葉はもう出なかった。見かわす瞳に同じ想いと熱があるのを認め合うだけで、もう十分だった。

想いを通じ合った者同士として、敦誉が唇を重ねようとしてくる——。

「……あ！」

しかし、そこで、いよいよ、と高ぶる緊張に耐えられず、幸紀は大声を出した。

「敦誉さま！　そういえば、幸紀はここ二日ばかり湯あみをしておりません！」

はっと思いつくと、自分がもしかしたら匂うのではないかと心配になる。兼忠の屋敷からこちら、香も満足に薫きしめていない。

「……それが？」

「え、あ……ですから、その、身を清めたいと存じますが……」

「なるほど。褥をともにする前に、肌を清め、俺に愛でられる準備をしたいというわけだな？」

「え！」

そういうつもりではなかった。ただ、このまま口を吸われるのが恥ずかしかっただけで。

「よい。俺も昨夜、街中を走り回ったあと、身を清めておらん。湯殿の用意をさせよう」

敦誉が立ち上がり、女房を呼ぶ。

逆にまずいことになったと青ざめても遅かった。

主が帰るのを心配して待ってくれていた側仕えの者たちは突然の主の命令にも喜んで応えてくれて、すぐに敦誉と幸紀、それぞれの湯が用意された。兼忠が気をきかせて知らせを出してくれたそうで、藤原家にいたはずのきよと春実も昭陽舎に戻っていた。

「本当にようございました」

半泣きのきよに手伝われて、幸紀は湯あみをすませる。

髪も梳かれて結い直され、おろしたての純白の単衣を着せられた。

「いや、いつもの寝衣でよいから……」

と、言ってみたが、

「なにをおっしゃいます」

叱られた。

「敦誉さまは主上の御前で幸紀さまを伴侶とすると宣言なさったそうではありませんか！

そして今宵、褥をともにすると……であれば、急なこととはいえ、それにふさわしいお支度をせねば」

なぜきよが知っているのか。尋ねると、「宮中とはそういうものでございますよ」と笑われた。

幸紀にしてみれば、湯あみをすませたあとは女房たちの手前、一度は局の褥に入り、その後、みなが寝静まってからこっそり敦誉のもとへ行けばよいと考えていたが、どうもそれは許されないようだった。

「では、ごゆるりとお休みくださいませ」

明かりは御帳台のかたわらの灯火のみを残して、きよが下がっていく。

「ようやく、二人になれたな」

帳の向こうから敦誉に手招かれる。

「……その……失礼、いたします……」

手前に座っていた幸紀は一段高い御帳台の中に向かって、両手をついて頭を下げる。

「よい。堅苦しいことはいらぬ。ここには俺たちしかおらん」

「はい……」

そう言われても、どう振る舞えばいいのか、わからない。そもそもこれからいったいなにをされるのか。

ぎくしゃくと褥に上がると、腕を引かれて、あっという間に敦誉に組み敷かれた。

蕩けるような甘い眼差しで見下ろされる。衣擦れの音が盛んにするのは、尾が寝衣をこすっているのだろう。

「幸紀」

「は、はい」

「俺のものに、なってくれるか」

ここで改めてそう聞かれるとは思っていなかった。

「え……も、もし、幸紀が、それは困りますと申し上げたら……？」

敦誉が少しばかり悲しそうに眉を下げる。同時に、今は出たままの耳も、がっかりしたように垂れる。さっしゅ、さっしゅ、さっしゅ、さっしゅ、と聞こえていた衣擦れの音も止まった。

「それは俺も困るが……幸紀がいやなことを無理強いするつもりはない。いやではない、ぎりぎりのところまで許してほしいとは思うが」

くしゅんとしょげた表情がおかしくて可愛くて、幸紀は小さく笑った。とたんに緊張が解けていく。

そうだった。敦誉は幸紀が「やめろ」ということはやめて、「やろう」といったことは必ず成し遂げてきたのだった。

素直で、可愛くて、そして強くて、まっすぐな、主——。

「……いやではございません。困りもいたしません」

手を上げて、狼の耳に触れた。下から上へと撫でる。

「どうぞ、幸紀を敦誉さまのものにしてくださいませ」

ぴんと耳が立ったのは見えたが、もう衣擦れの音は聞こえなかった。敦誉に覆いかぶさられ、思い切り抱き締められて。


狼の口でされる接吻《せっぷん》とは、まるでちがった。

敦誉の唇は肉厚で柔らかく、その唇で唇を吸われると、それだけで脚の付け根に痺れが走るほど、気持ちがよかった。

ぴちゅ、ぱちゅ……唇はすぐに濡れて、吸い合う音が立った。その音にさえ煽られて、幸紀は知らぬ間に、

「ん……ん、ふ……」

鼻から甘い息を抜いていた。

舌が差し入れられてきた。

狼の時とは長さも厚さもちがうが、幸紀の口腔《こうこう》をしゃぶる熱心さは同じだった。

舌を舐められ、唾液《だえき》をすすられる。

「んく……ん、ん……んぅ……」

ただ唇を合わせて、舌を絡めているだけなのに……。それが気持ちがよくて、しかも淫らで、躯が熱くなり、頭の芯が痺れてくる。

どうしても甘い息が上がってしまう。

「あ、あっ、敦誉さま……」

もう幸紀はダメです。早々と降参を申し出ようとしたが、唇を離したのが不満だとばかりに、ふたたび濡れた唇を重ねられた。

舌で舌を舐め回されていると思ったら、次には舌の根が抜けるほどに吸い上げられた。

「んんんーっ」

ぞくん!

下半身が大きく疼いた。

これ以上、なにかされたらおかしくなってしまう。

「あっ、敦誉さま! 少し、少しお待ちを……! アッ」

少し落ち着かせてほしい、待ってほしい。そう願ったそばから、胸元に手を差し入れられて胸の尖りを摘まれた。

「なにを待てばいいのだ?」

笑いを含んだ声で言いながら、敦誉は強弱をつけて幸紀の胸の肉芽をくにくにと揉む。

「あん、あ……あ、そ、それはなりません! お待ちくださいというのに……!」

このままでは本当におかしくなる。幸紀はいたずらな手を上から押さえた。さすがに敦誉は手を止めてくれた。

「だからなにを待てばいいのだ」

「な、なにと申しますか……その、幸紀はこういうことに慣れておりません」

「知っておる。俺以外の者の手で慣れられていたら、我慢がならぬところだ」

「で、でも、敦誉さまはずいぶんと手慣れていらっしゃるように感じられます！　く、口吸いも、とても……その、達者でいらして、幸紀はついていくのに必死です！」

「達者か。そう言われるのはうれしいが、やりたいようにやっているだけで、俺も幸紀が初めてだぞ？」

目を細めて愛おしげに頬を撫でられる。確かに、比叡でも御所でも、敦誉はいつも幸紀をそばに置きたがっていて、そういうことをする相手もヒマもなかったはずだ。

「それで？　俺はなにをいつまで待てばよいのだ？」

問いかけておきながら、敦誉はまた、幸紀の唇を小さくついばんだ。

「せっかくこうして……おまえを愛でることができてうれしくて……もっと触れたい、もっとおまえの深いところを知りたいと気がせくが、おまえが待てというなら俺は待つぞ？」

そっと髪の生え際を指で撫でられる。ん？　とうかがうように顔をのぞき込まれて、幸

紀は観念した。

「あ、あまり口を熱心にねぶられますと……幸紀ははしたない声を上げてしまうかもしれません」

「存分に上げればよい」

「胸など弄られましても……乱れてしまうかもしれません」

「それも存分に」

「お、おかしくなったら、どういたしましょう?」

ふっと敦誉は口元をゆるめた。優しく頬を撫でられる。

「心配するな。俺も一緒におかしくなってやる」

もう、言えることはなにもなかった。

ふたたび唇に重ねられた唇を、ふたたび胸に忍んだ手を、幸紀は目を閉じて受け入れた。


寝衣の紐をほどかれ、前を大きく開かれた。恥ずかしくて身をよじったが、幸紀をまたいで膝立ちになった敦誉も寝衣を脱ぎ捨てて下帯もはずしてしまった。大きく硬く屹立《きつりつ》する股間のものに、さらに羞恥を煽られる。しかし……。

「あ、あの……」

「なんだ」

「その、そのご様子は、あの……」

幸紀の目線を追って、敦誉は幸紀が「そのご様子」と言ったのがなんのことなのか、正確に理解したらしい。

「……ああ、やっと積年の想いがかなって、おまえとこうしていられるのでな。……どうした、怖いか」

「いえ、怖いわけではありませんが……あの、そのご様子では、敦誉さまがおつらいのではと……」

幸紀も男だ。自分でたまったものをしごき出すことはあるが、その時にも、ここまで反り、漲《みなぎ》ったことはない。

そっと手を伸ばした。

「……痛くは、ございませんか？」

「痛いと言ったら……どうしてくれるのだ？」

低い声でささやかれる。

幸紀は身を起こした。敦誉の屹立をゆるく握る。

こういう時にどうするのか、知識もあまりないが、狼の敦誉にしてもらってとても気持ちがよかったことを、自分も敦誉にしたいと思った。

「敦誉さまほど上手にできるとは思えませんが……」

拙《つたな》いものになるだろうと先にことわり、幸紀は四つん這いになって敦誉の股間に顔を寄せた。

「幸紀、無理はするな」

「無理ではございません」

狼の口と人の口はちがうが、少しでも気持ちよさを味わってほしい。

幸紀は敦誉の丸い先端に唇を押し当てた。敦誉の血の熱さが触れたところから直接伝わってきて、胸がいっぱいになった。

いつくしみたい。大事にしたい。——大切で、大好きな、主。

そっと口を開いて昂《たか》ぶりを飲んだ。敦誉にしてもらったことを思い出して、一生懸命にしゃぶり、舌を使って肉茎を舐める。

敦誉の雄は大きくて、口の中がいっぱいになって大変だったけれど、できる限り深く口におさめて、舌で舐めた。

「んッ……あ、幸紀……」

上から敦誉の声が落ちる。その声がいつになく色っぽいことに励まされる。

気持ちよくなってくださっているのだろうか？

確かめたくて、上目遣いで敦誉の顔を見上げた。

「ッ……」

見下ろす敦誉と目が合った刹那、口の中のものがさらに反った。

「んぐ……」

喉を押されて、思わず眉間にしわが寄る。

「幸紀……！」

たまらなさそうに敦誉は幸紀の名を呼び、そっと幸紀の頭を両手で挟んだ。

「おまえを大事にしたい……苦しめたくない……だが……俺も、たまらぬ……」

苦しげにそう告げられる。

どうすればいいのだろう？　教えてもらえないだろうか。

問いかけるように敦誉を見る。

教えてもらえばがんばれる。なにをすればいいのか。

言葉はなくとも言いたいことは伝わったのか、

「……よいか？」

目を細めて尋ねられた。

はい、と声なくうなずくと、頭を摑む敦誉の手に力がこもった。

「口をすぼめていてくれ」

言われたとおりに唇に力を込める。敦誉の肉棒がその唇をこすって出ていき、また奥へと戻ってくる。

「……ん、ん！　……んぐ、ぐ……むん……ッ」

顔を固定され、すぼめた唇をこすって、雄の猛りが口中を激しく出入りする。

「んん、んっ」

「幸紀……んう……」

苦しかった。何度も喉を突かれ、口腔を蹂躙《じゅうりん》されて。

けれど……だんだん荒くなる敦誉の息と、耐えられずにこぼれる呻きは、その苦しさをはるかにしのいでうれしかった。

口の中にわずかに塩みを帯びたぬめりが広がり、いよいよ敦誉の息が荒くなる。幸紀は広げたままでだるくなりかけている顎に力をこめ、さらに唇をすぼめ、出入りする猛りに舌を添わせた。

「ゆき、のり……ッ」

苦しげに名を呼ばれると同時に、口の中に溢れるほどにあたたかなものが放たれてきた。

びゅる……びゅ、びゅる……精がこぼされると同時に、幸紀の口を占める肉棒もひくひくとひくつく。

これが敦誉さまの……。

汚いとは全然思わなかった。いやだとも。

ゆっくりと引き出されていくものを名残惜しく口から離して、幸紀は口中のものをごくりと飲んだ。

「………」

「……幸紀」

見上げると、敦誉はいくぶん上気した顔に、いたずらっぽい笑みを浮かべていた。

「ぺっ、は？」

先に、狼の敦誉に口淫《こういん》されて幸紀が放った精を吐き出せと言ったことを、敦誉はまねているのだった。

「敦誉さま……」

吐き出したくなどなかった。自分の身の一部で、敦誉が気持ちよくなった証なのに。

「幸紀、愛しいぞ」

柔らかく抱かれて、ふたたび押し倒された。

「敦誉さま、わたくしも……」

好きですと、幸紀もささやいて返した。

また、ぐちゅぐちゅと唾液と舌を絡め合う口吸いを繰り返し、乳首を弄られて、背を波打たせて喘いだ。手で肉茎をしごかれ、さらに「お返しをせねばな」と口に咥えられて、幸紀は腰を突き上げ、敦誉の口中に埒を明けた。

おかしくなってもよいと言われていたが、自分が上げる声がはしたなく、乱れる姿がいやらしく、幸紀はなんとか与えられる気持ちよさをこらえようとした。けれど、苦しさと切なさを含んだ圧倒的な甘さはそんなささいな抵抗など、かなわなかった。

「……あ、敦誉さま……」

口で絶頂まで導かれたあと、幸紀はしどけなく四肢を投げ出し、胸を喘がせて敦誉を見上げた。ゆるく脚を開き、口も閉じられず、濡れた股間を隠しもせず。

それがどれほど主に対して失礼な姿か。

ぼんやりと意識することはできたが、取り繕う余裕はもうなかった。

「幸紀……」

愛おしげに名を呼んで、敦誉はそんな幸紀の顔から胸、腹を撫でた。

「やっと……やっと、こうして触れることができた……」

「敦誉さま……」

感極まるようにつぶやく敦誉の股間は、すでに一度、精を放ったことが嘘のように、固く張り、反り返っている。

「よいか？」

上半身を撫でた手は股間にすべって太腿《ふともも》を撫でる。その手に膝裏を捕らえられて、幸紀はなにを求められているのか理解した。

「はい……どうぞ、ご存分に……」

大好きな主に求められている。

幸紀はあたたかな手にうながされるまま、両膝をさらに開いて持ち上げた。

広げた股間に敦誉が腰を進めてくる。

「少し、用意をするぞ」

声をかけられ、枕辺に用意されていた油壺《あぶらつぼ》から敦誉が油を指に取る。

ぬめぬめと光る指はそれだけで淫らだったが、幸紀は羞恥をこらえて、己の手を股間へと伸ばした。

敦誉の手がそこを弄りやすいように秘孔を隠した谷間をみずからの手で押し開く。

「力を抜いていろよ」

優しく言われ、努めたけれど、指で肉のすぼまりに油を塗りつけられ、閉じた肉環《にくわ》を丁寧に一ヶ所一ヶ所押し広げるようにされると、どうしても軀に力が入ってしまった。

それでもなんとか、敦誉の長い指を二本、飲み込めるほどに秘蕾がゆるんだのは、幸紀にもまた、敦誉と繋がり、主のものになりたいという気持ちがあったからだろう。

「……よいか？」

もう一度、同じ問いが投げかけられた。

今度の問いは先ほどよりも、重く、そして切羽詰まっているように幸紀には聞こえた。

「はい」

深くしっかりうなずいて返す。

開いた両脚を敦誉の肩にかけさせられた。

「このほうがよいのだ！」

と押し切られた。主の口の中に精を放ったあととあっては礼儀を言い立ててもいまさらかもしれなかった。

「ん……んっ」

油と指で馴らされたすぼまりに、敦誉の雄が押しつけられてくる。けれど、これまで誰にも拓《ひら》かれたことのない秘肉は大きさも密度も圧倒的な侵入をやすやすとは受け入れてくれずに軋《きし》んだ。

敦誉が腰を進めようと体重をかけてくると、どうしても声が出てしまう。

「んあぁッ……！」

「幸紀、つらいか」

高い声が上がってしまい、敦誉はすぐに腰を引いた。

「無理なら……」

「いいえ！」

　ここで終わってほしくなくて、幸紀はあわてて首を振った。

「幸紀なら大丈夫でございます。どうぞ……どうぞ、わたくしを敦誉さまのものに……」

「そんなことを言うと……本当にもう止まらぬぞ？」

　眉を寄せて確かめられる。

「はい」

　幸紀は笑顔を浮かべてみせた。

「止まらずとも、よろしゅうございますよ」

「幸紀……！」

　敦誉にぐっと手を摑まれた。そうして……片手を固く握り合いながら、幸紀は初めて、男に貫かれたのだった。

　深く、深く……すぼまりを破り、肉襞《にくひだ》を押し拡《ひろ》げて、敦誉が沈んできた。

「あああぁッ――んああ‼」

　焼けるような鋭い痛みと、軀の内に大きな圧がかかる苦しさがあった。しかし、その痛みにも苦しさにも、小さな甘い粒がひそんでいて、単純に痛いだけでも苦しいだけでもないのだった。むしろ、その小さな甘い粒をもっと味わいたいような、不思議な疼きが教誉を咥え込まされている肉壺に生まれている。

「幸紀っ……」

貫く教誉も苦しく、そして甘いものを味わっているのか。眉間が険しく寄せられていながら、その瞳には歓《よろこ》びの色があった。

「あつ……」

教誉さま。呼ばれた声に応えて、その名を呼ぼうとした時、肌と肌がぴたりと合った。幸紀が、教誉の欲望を、愛を、軀全部で受け止めることができた瞬間だった。幸紀の秘肉は深く教誉を飲み、押し包んでいた。

「おまえの中は……熱いな……心地がよくて……どうにかなりそうだ……」

呻くように教誉が言う。

「あ……教誉さまも……熱うございます……ゆき、幸紀も、どうにかなりそう……あ！」

深く幸紀を貫いたまま、教誉が腰を揺らし、苦痛の中の甘い粒がじわりと増えた。じんと蜜肉《みつにく》が痺れる。

「……ゆくぞ」

低く告げて、教誉が雄根を引き抜き、また最奥を穿《うが》ってきた。拍を刻むように同じ動きを繰り返される。

「あぅあッ……んんっ……!」

軀の中をかき回される。肉襞をこすられる。そのたび、甘い粒が弾けて、苦痛より甘さがどんどんと濃くなっていく。

「ああ……んあッ……ッ」

強い力で律動を刻まれ、軀が揺れ、繋がった秘部がぐちゅん、ぱちゅんと淫らな音を立てる。ぼやけた視界に白い自分の脚が敦誉の顔の横で揺れているのが入る。

いやらしい。そう感じた瞬間に、一段と甘く強い快感が軀の中心を走った。

高く、濡れた声が上がった。

「ゆき、のり、幸紀」

乱れた息の合間に、敦誉が名を呼ぶ。

「もう、離さぬ……！」

「はいッ、あ……離さないで、くださいませ……」

握り合った手に、ひときわ互いに力を込めた。そして……幸紀の背が浮くほどに強い突きのあと、敦誉は小さく胴を震わせた。熱い精が幸紀の中に放たれる。

出会って、十五年。

二人が固く結ばれた瞬間だった。

どんな顔をすればいいのか、わからなかったが。

「幸紀、つらくはなかったか?」

胸の中に抱いた自分を見つめる敦誉の、蕩けそうに甘く、そして極上にうれしそうな顔を見たら、幸紀も自然に頬がゆるんだ。おそらく瞳も敦誉の熱を映していることだろう。

「はい……つらくなどございませんでした。むしろ……」

「むしろ、なんだ」

「……申し上げられません」

寵愛を受ける、愛でられるというのが、これほどに気持ちがよく、幸せなものだとは。合わせた肌のあたたかさ、求められることへのうれしさ、そして、繋がる心地よさ。痛みさえ甘やかな快感に変わってしまう不思議さを、どう言葉にしても恥ずかしいだろう。

「いやではなかったのなら、よい」

優しくそう言われて、けれど、やはり胸の内を正直に伝えるべきかと幸紀は思い直す。

「はしたないことをとお思いにならないでくださいませ……いやどころか……幸紀は……敦誉さまとこうして、このような……あの、可愛がっていただけて……うれしゅうございました」

「そうか」

心底うれしそうに笑い、敦誉はより深く、幸紀を抱き締めてくれたのだった。

＊　＊　＊

そして——。

帝から、親王敦誉を東宮とするとの詔がくだされた。

合わせて、帝が若かりし頃と臥せっている時に見た大狼の夢の話が伝えられ、唐の高僧・栄佑が敦誉の狼の耳や尾は凶兆などではなく、むしろ神仏から特別な力を賜っていることの証左であるとしたことから、陰陽寮の者たちも、またほかの公家たちも、もう反論できなかった。

皇太孫の祖父にあたる右大臣も、敦誉が女人は娶らぬと宣言したことで、次の東宮は我が孫と、安心したらしい。

幸紀は幸紀自身の希望により、これまでどおり、敦誉の一の側近として、東宮坊次官の役にとどまり、仕事も変わらずこなすこととなった。ただ、夜には皇子最愛の后として遇される。それは御所での公然の秘密となり、次の帝との絆は左大臣を喜ばせた。

敦誉が正式に東宮となるのは一年後の立太子礼を経てからとなるが、式に向けての準備が早くも始められた。

幸紀もいそがしくなった。

季節はあわただしく過ぎ、敦誉と幸紀は初めての梅雨を御所で迎えた。そんなある日のこと。

数日前に敦誉が見立てたとおり、その日は朝から雲が重く垂れ込め、強い風が吹いていた。あらかじめ天気の崩れに備えるように知らせが出せていたために、蔀は上も下もしっかりと下ろされ、出仕していた者も、早々と仕事を切り上げて帰っていった。

幸紀も調べねばならない書籍を局に持ち帰り、灯台の明かりで読んでいた。

暗くて時刻がわからないが、夕刻近くだっただろうか、突然、しっかり閉められた蔀の隙間から、細く白い光が射した。直後に耳をつんざくような雷鳴が響き、幸紀は思わず首をすくめる。

「雷……」

すぐに立ち上がった。

「敦誉さま！」

敦誉は雷が苦手だ。人に聞こえないような遠雷でも怯えるのに、いきなりこんな近くで雷がとどろき、どれほど驚いたことか。

だが、駆け込んだ母屋で、敦誉は筆をとり、さらさらとなにか書きつけていた。

「敦誉さま……？」

幸紀のいた局は母屋のすぐ外側の廂にある。直接、外と接していない母屋に雷の光が届かないのはわかるが、あの凄《すさ》まじい雷鳴が聞こえないはずはないのに。

「幸紀か。どうした」

「あ……今、あの、雷が……」

「おお、先刻から遠くでとどろいていたが、いきなり近くに来たな」

「とどろいて……え、聞こえていらっしゃったのですか⁉」

目が丸くなる。

「あ、敦誉さま、雷が怖くは……」

いつも人には聞こえぬほどの遠雷でも「怖い怖い」と幸紀を抱えていたのではなかったか。ここのところは天候が落ち着いていたのか、そういうこともなかったが、御所に来たばかりの頃は毎日のように幸紀を抱えていた。

敦誉が黙って筆を置く。

「あの……」

どういうことだ？

敦誉はにっこり笑う。

「幸紀、ここへ」

膝を崩して安座をかき、その中をぽんぽん叩く。雷が鳴った時に、いつもする仕草だ。

「敦誉さま……もしや……雷が怖くないのですか……?」

信じられない思いで尋ねる。それではこれまで幸紀を抱えていたのはなんだったのか。

「怖いぞ。だからここへ」

「う、嘘です」

さすがにそれはわかる。

「敦誉さま、雷が平気なのですね……?」

「子供の頃は怖かった」

「もう長らく、敦誉さまは子供ではないと存じますが」

「子供の頃は怖かった」

「だまして……いらっしゃったのですね。怖くないものを怖いとおっしゃって……」

混乱する。

「え、でも、どうして……どうして、そんな嘘を……」

「どうしてとは……決まっているであろう。そうとでも言わねば、おまえとくっついていられなかったからではないか」

「…………」

口があんぐりと開く。――だまされていた? ずっと?

「嘘をついていたことはあやまる。悪かった」

素直に頭を下げられる。その直後に、ガラガラピッシャン！　と、また凄まじく雷が鳴ったが、

「また近づいたようだな」

と、敦誉はやはり平然としている。

「くっつく……くっつくために……？」

「俺にとっては重大な問題だ」

幸紀ははっとする。

数日前のことだ。兼忠が「そういえば」と腕を組んでわざとのようにむずかしい顔をして言ったのは。「狼は北のほうから来た獣で、もともと寒さには強いらしいぞ」と。

「もしや……昔、寒さが苦手だとわたくしの褥にもぐり込んでいらっしゃったのも……！」

またにっこりと微笑まれる。

力が抜けて、幸紀はその場に座り込んだ。両手をつく。

「……だまされて、おりました……」

「すまぬ」

全然悪かったと思っていない表情と口調であやまられて、幸紀はきっと顔を上げた。

「敦誉さま」

お、と敦誉も目を見張る。

「嘘はいけないと、幸紀はお教えしてきたはずです」

「確かに。しかし、言うではないか、嘘も方便と」

「言い訳はご無用！」

幸紀は強く言って立ち上がった。

「しばし、反省なさいませ！」

くるりと踵を返して局に戻る。

「幸紀！」

呼ぶ声が聞こえたが、振り返らなかった。顔がどんどん熱くなってきていたからだ。

耳が赤らんでいなければいいのだがと危ぶみつつ、早足で御簾の向こうへと入った。

本当は雷が怖くはなかった。寒さが苦手ではなかった。

では、あの時も、あの時も？　ただくっついていたかったから……？

後ろから抱え込まれて頬ずりされた。それがみんな、「そうとでも言わねば、おまえとくっついていられなかったから」だと？

敦誉はずっと、そんな想いでいたのかと思うと、いまさらながら恥ずかしくなる。

ふわりと風がよぎった。

「……すまぬ」

後ろから柔らかく腕が回ってきて、抱かれる。敦誉だ。――幼かった昔と同じだ。大好き大好きとついて回られた、あの頃と。

「嘘はよくなかった。でも、怒らないでほしい」

しょげた声で言われる。見なくとも、その耳がへたりと両側に垂れ、尻尾も力なく落ちているだろうことがわかった。

「……もう、嘘はおつきになりませんね？」

回った腕に手を添えて尋ねる。

「うむ。もう嘘はつかぬ。……そんな嘘をつかずとも、もうおまえに触れたいだけ触れられるからな」

後半は甘くささやくように言われて、夜ごとのように褥でされていることが脳裏をよぎった。

「あ、敦誉さま！」

怒っているのに、顎を捕らえられて斜め後ろを向かされる。

「ほれ、このように……」

そして重ねられる唇を、もう幸紀は拒むことができなかった。

あとがき

こんにちは！　はじめまして！　楠田雅紀です。

「狼皇子の片恋い積もりて」、お読みいただき、ありがとうございます。平安の雅な風を感じていただけたでしょうか。

平安の御所を舞台にしたお話としては、やはりシャレードさんから出していただいた「龍の妻恋い～うそつき龍の嫁取綺譚～」がありますが、さらさら鳴る衣擦れの音とか、上品で間接的な言い回しとか大好きなので、今回もとても楽しく書きました。

ただ、「龍妻」の光雅が生まれながらの公達でその挙措あくまで優雅、みたいなイメージだったのに対して、今回の敦誉さまは表向きにそういうぬるぬるした言動をとることはできるけれど、素は直情型でストレートなタイプです。そしてすねている（笑）。

年上の側近である幸紀に恋心を抱いているけれど、幸紀には脈がない。二言目には姫君との恋を勧めてくる幸紀に対して、「どうせ」とすねている敦誉さまは年上の綺麗なおねえさんに相手にされない高校生みたいで、これまた年下攻めが大好物な楠田は、やはりとても楽しかったです。

しかしながら……このお話を書いていたのはまさに、日本も世界も大変な時でした。新型ウイルスの脅威。こんなにかんたんに「日常」がおびやかされるのかと、恐ろしくさえなりました。作中でも「都で疫病がはやった」設定でしたが、時代が変わっても、どれほど医療が進歩しても、未知の感染症の恐ろしさは変わらないんだろうなと、そんなことも考えておりました……。うがい、手洗い、マスク。地味だけど大切なことをこれからも続けようと思います。みなさまも、どうぞお気をつけてお過ごしくださいね。

さて！　そんな世情はしばし離れて！　素敵なBたちのLを、みなさまにはお楽しみいただきたいと思います。まずはカバー、口絵、そして数々の挿絵！　どうぞ今一度、金井桂先生の美しいイラストをご覧ください。素敵でしょう！（楠田、超ドヤ顔です）

金井先生、ラフの時から眼福でした。ありがとうございました。そしてこの本の出版にお力添えくださったすべてのみなさま、一番に貴方に。心から感謝申し上げます。

次作でまた、お目にかかれますように……。

二〇二〇年六月吉日　楠田雅紀

楠田雅紀先生、金井桂先生へのお便り、
本作品に関するご意見、ご感想などは
〒101-8405
東京都千代田区神田三崎町2-18-11
二見書房　シャレード文庫
「狼皇子の片恋い積もりて」係まで。

本作品は書き下ろしです

CHARADE BUNKO

狼《おおかみ》皇《おう》子《じ》の片恋《かたこい》い積《つ》もりて

【著者】楠田雅紀《くすだまさき》

【発行所】株式会社二見書房
東京都千代田区神田三崎町2-18-11
電話　03(3515)2311[営業]
　　　03(3515)2314[編集]
振替　00170-4-2639
【印刷】株式会社 堀内印刷所
【製本】株式会社 村上製本所

落丁・乱丁本はお取り替えいたします。
定価は、カバーに表示してあります。

ISBN978-4-576-20108-5

https://charade.futami.co.jp/